傅雷译文集

嘉尔曼　高龙巴

［法］梅里美◎著
傅　雷◎译

吉林出版集团股份有限公司

图书在版编目（CIP）数据

嘉尔曼；高龙巴 /（法）梅里美著；傅雷译 . —
长春：吉林出版集团股份有限公司，2017.6（2023.4 重印）
（名家名译 / 杜贞霞主编 . 傅雷系列）
书名原文 : Carmen Haut long Ba
ISBN 978-7-5581-2754-0

Ⅰ . ①嘉… Ⅱ . ①梅… ②傅… Ⅲ . ①中篇小说—小说集—法国—近代 Ⅳ . ① I565.44

中国版本图书馆 CIP 数据核字（2017）第 128018 号

嘉尔曼；高龙巴

著　　者 ［法］梅里美
译　　者 傅　雷
策划编辑 杜贞霞
责任编辑 滕　林
封面设计 老　刀
开　　本 650mm × 960mm　1/16
字　　数 181 千字
印　　张 13.5
版　　次 2017 年 7 月第 1 版
印　　次 2023 年 4 月第 3 次印刷

出　　版 吉林出版集团股份有限公司
电　　话 总编办：010-63109269
发行部：010-63109269
印　　刷 三河市京兰印务有限公司

ISBN 978-7-5581-2754-0　　定价：39.00 元

目　录

嘉尔曼

高龙巴

嘉尔曼

Jia Er Man

一

一般地理学家说孟达一仗的战场是在古代巴斯多里－包尼人①的区域之内，靠近现在的芒达镇，在玛尔倍拉商埠北七八里的地方：我一向疑心这是他们信口开河。根据佚名氏所作的《西班牙之战》，和奥须那公爵庋藏丰富的图书馆中的材料，我推敲之下，认为那赫赫有名的战场，凯撒与罗马共和国的领袖们背城借一的地点，应当到蒙底拉②附近去寻访。一八三〇年初秋，因为道经安达鲁齐③，我就作了一次旅行，范围相当广大，以便解答某些悬而未决的疑问。我不久要发表的一篇报告，希望能使所有信实的考古学家不再彷徨。但在我那篇论文尚未将全欧洲的学术界莫衷一是的地理问题彻底解决以前，我想先讲一个小故事；那故事，对于孟达战场这个重大的问题，决不先下任何断语。

---

① 巴斯多里－包尼人为古代迦太基族之一种。纪元前八世纪时迦太基族散布于地中海沿岸，包括西班牙滨海地区在内。

② 罗马共和时代末期（纪元前 49 年），凯撒自高卢戍地进军罗马，将执政庞培大将及议员逐出意大利半岛，又回军入西班牙，击溃庞培派驻该地的军队；史家称为西班牙之战。孟达为该战中之主要战役。——玛尔倍拉为西班牙南端位于地中海上之商埠，蒙底拉在玛尔倍拉北约七十余英里。

③ 安达鲁齐为西班牙南部一大行省，包括八州；上文所举城镇均在辖境内。

当时我在高杜城内雇了一名向导，两匹马，带着全部行装，只有一部凯撒的《出征记》和几件衬衣，便出发去探访了。有一天，我在加希那平原的高地上踯躅，又困乏，又口渴，赤日当空，灼人肌肤，我正恨不得把凯撒和庞培的儿子们一齐咒入地狱的时候，忽然瞥见离开我所走的小路相当远的地方，有一小块青翠的草坪，疏疏落落的长着些灯芯草和芦苇。这是近旁必有水源的预兆。果然，等到走近去，我就发见所谓草坪原是有一道泉水灌注的沼泽，泉水仿佛出自一个很窄的山峡，形成那个峡的两堵危崖是靠在加勃拉山脉上的。我断定缘溪而上，山水必更清冽，既可略减水蛭与虾蟆之患，或许还有些少荫蔽之处。刚进峡口，我的马就嘶叫了一声，另外一匹我看不见的马立即接应了。走了不过百余步，山峡豁然开朗，给我看到一个天然的圆形广场，四周德岩拱立，恰好把整个场地罩在阴影中。出门人中途歇脚，休想遇到一个比此更舒服的地方了。峭壁之下，泉水奔腾飞涌，直泻入一小潭中，潭底细沙洁白如雪。旁边更有橡树五六株，因为终年避风，兼有甘泉滋润，故苍翠雄伟，浓荫匝地，掩覆于小潭之上。潭的四周铺着一片绿油油的细草；在方圆几十里的小客店内决没有这样美好的床席。

可是我不能自鸣得意，说这样一个清幽的地方是我发见的。一个男人已经先在那儿歇着，在我进入山谷的时候一定还是睡着的。被马嘶声惊醒之下，他站起来走向他的马；它却趁着主人打盹跑在四边草地上大嚼。那人是个年轻汉子，中等身材，外表长得很结实，目光阴沉，骄傲。原来可能很好看的皮色，被太阳晒得比头发还黑。他一手拉着坐骑的缰绳，一手拿着一支铜的短铳。说老实话，我看了那副凶相和短铳，先倒有点出乎意外；但我已经不信有什么匪了，因为老是听人讲起而从来没遇到过。并且，全副武装去赶集的老实的庄稼人，我也见得多了，不能看到一件武器就疑心那生客不是安分良民。心里还想：我这几件衬衣和几本埃尔才维版子①的《出征记》，他拿去有什么用呢？我便对拿枪的家伙亲热的点点头，笑着问他是否被我打扰了清梦，他不回答，只把我从头到脚的打量着；打量完毕，似乎满意了，又把我那个正在走近的向导同样细瞧了一番。不料向导突然脸色发青，站住了，显而易见吃了一惊。“糟了糟了，碰到坏人了！”我私下想；但为谨慎起见，立即决定不动声色。我下了马，吩咐向导卸下马辔；然后我跪在水边把头和手浸了一会，喝了一大口水，合扑着身子躺下了，像基甸手下的没出息的兵一样②。

同时我仍暗中留神我的向导和生客。向导明明是很不乐意的走过来的……生客似乎对我们并无恶意，因为他把马放走了，短铳原来是平着拿的，此刻也枪口朝下了。

我觉得不应当为了对方冷淡而生气，便躺在草地上，神气挺随便的问那带枪的人可有火石，同时掏出我的雪茄烟匣。陌生人始终不出一声，在衣袋里掏了一阵，拿出火石，抢着替我打火。他显然变得和气了些，竟在我对面坐下了，但短铳还是不离手。我点着了雪茄，又挑了一支最好的，问他抽不抽烟。

他回答说：“抽的，先生。”

这是他的第一句话，我发觉他念的S音不像安达鲁齐口音③，可见他和我同样是个旅客，只不是干考古的罢了。

“这支还不错，你不妨试试。”我一边说一边递给他一支真正

---

① 埃尔才维为十六、十七世纪时荷兰有名的出版家，所印图书今均成为珍本。

② 《旧约·士师记》第七章载，以色列人基甸反抗米甸人，耶和华令基甸挑选士卒，以河边饮水为试：凡用手捧水如狗舐饮者入选，凡跪下喝水者均受淘汰。

③ 安达鲁齐人读S音，一如西班牙人之读柔音C与Z，等于英文中之th。故仅听senor（先生）一字，即能辨出安达鲁齐口音。

哈凡那的王家牌。

他略微点点头，拿我的雪茄把他的一支点上了，又点点头表示道谢，然后非常高兴的抽起来。

“啊，我好久没抽烟了！”他这么说着，把第一口烟从嘴里鼻子里慢慢的喷出来。

在西班牙，一支雪茄的授受就能结交朋友，正如近东一带拿盐和面包敬客一样。出我意料之外，那人倒是爱说话的。虽然自称为蒙底拉附近的人，他对地方并不太熟悉。他不知道我们当时歇脚的那可爱的山谷叫甚名字，周围的村子的名字，他也一个都说不上来；我问他有没有在近边见到什么残垣断壁，卷边的大瓦，雕刻的石头等等，他回答说从来没留意过这一类东西。另一方面，他对于马的一道非常内行，把我的一匹批评了一阵，那当然不难；接着又背出他那一匹的血统，有名的高杜养马场出身，据说是贵种，极其耐劳，有一回一天之中赶了一百二十多里，而且不是飞奔便是疾走的。那生客正说在兴头上，忽然停住了，仿佛说了这么多话连他自己也觉得奇怪而且懊恼了。“那是因为我急于赶到高杜，为了一件官司要去央求法官……”他局促不安的这样补充，又瞧着我的向导安东尼奥，安东尼奥马上把眼睛望着地。

既有树荫，又有山泉，我不由得心中大喜，想起蒙底拉的朋友们送我的几片上等火腿放在向导的褡裢内①。我就教向导给拿来，邀客人也来享受一下这顿临时点心。他固然好久没有抽烟，但我看他至少也有四十八小时没吃过东西：狂吞大嚼，像只饿极的狼。可怜虫那天遇到我，恐怕真是天赐良缘了。但我的向导吃得不多，喝得更少，一句话都没有，虽然我一上路就发觉他是个

① 一种长形的布袋，中间开口，两头装物，可以背在肩上或挂在牲口上，吾国称为褡裢。

头等话匣子。有了这生客在场，他似乎很窘；还有一种提防的心理使他们互相回避，原因我可猜不透。

最后一些面包屑和火腿屑都给打发完了，各人又抽了一支雪茄，我吩咐向导套马，预备向新朋友告别了，他却问我在哪儿过夜。

我还没注意到向导对我做的暗号，就回答说上居尔伏小客店。

“像你先生这样的人，那地方简直住不得……我也上那边去，要是许我奉陪，咱们可以同走。”

“欢迎欢迎。”我一边上马一边回答。

向导替我拿着脚蹬，又对我眨眨眼睛。我耸了耸肩膀表示满不在乎；然后出发了。

安东尼奥那些神秘的暗号，不安的表情，陌生人的某些话，特别是一天赶一百二十里的事和不近情理的说明，已经使我对旅伴的身份猜着几分。没有问题，我是碰上了一个走私的，或竟是个土匪；可是有什么关系呢？西班牙人的性格，我已经摸熟了，对一个和你一块儿抽过烟，吃过东西的人，尽可放心。有他同路，倒反是个保障，不会再遇到坏人。并且我很乐意知道所谓土匪究竟是何等人物。那不是每天能碰上的；和一个危险分子在一起也不无奇趣，尤其遇到他和善而很斯文的时候。

我暗中希望能逐渐套出陌生人的真话，所以不管向导如何挤眉弄眼，竟自把话扯到翦径的土匪身上，当然用的是颇有敬意的口吻，那时安达鲁齐有个出名的大盗叫做育才－玛丽亚，犯的案子都是脍炙人口的。“谁知道在我身边的不就是育才－玛丽亚呢？”这样思忖着，我便把听到的关于这位好汉的故事，拣那些说他好话的讲了几桩；同时又对他的勇武豪侠称赞了一番。

“育才－玛丽亚不过是个无赖小人。”那生客冷冷的说。

“这算是他对自己的评语呢，还是过分的谦虚?”我这样问着自己，因为越看这同伴越觉得他像育才－玛丽亚了；我记得安达鲁齐许多地方的城门口都贴着告示，把他的相貌写得明明白白。——对啦，一定是他……淡黄头发，蓝眼睛，大嘴巴，牙齿整齐，手很小；穿着上等料子的衬衣，外罩银纽丝绒上装，脚登白皮靴套，骑一匹浑身棕色而鬣毛带黑的马……一点不错！但他既然要隐姓埋名，我也不便点破。

我们到了小客店；旅伴的话果然不虚，我所歇过的小客店，这一个算是最肮脏最要不得的了。一间大屋子兼作厨房，餐厅与卧室。中间放着一块平的石板，就在上面生火煮饭；烟从房顶上一个窟窿里出去，其中只停留在离地几尺的空中，像一堆云。靠壁地下铺着五六张骡皮，便是客铺了。算是整个屋子只有这间房；屋外一二十步有个棚子似的东西，马房。这个高雅的宾馆当时只住着两个人：一个老婆子和一个十一二岁的小姑娘，都是煤烟般的皮色，衣服破烂不堪。——我心上想：古孟达居民的后裔原来如此；噢，凯撒！噢，撒克多斯·庞培[①]！要是你们再回到世界上来，一定要诧异不置呢！

老婆子一看见我的旅伴，就大惊小怪的叫了一声。

“啊！唐·育才大爷!”她嚷着。

唐·育才眉头一皱，很威严的举了举手，立刻把老婆子拦住了。我转身对向导偷偷递了个暗号，告诉他关于这同宿的伙伴，不必再和我多讲什么。晚饭倒比我意料中的丰盛。饭桌是一张一尺高的小桌子，第一道菜是老公鸡煨饭，辣椒放得很多，接着是油拌辣椒，最后是迦斯巴曲，一种辣椒做的生菜。三道这样刺激的菜，使我们不得不常常打酒囊的主意，那是山羊皮做的一种口

---

① 撒克多斯·庞培为庞培大将次子。庞培大将死后，诸子仍与凯撒为敌。

袋，里头装的蒙底拉葡萄酒确是美好无比。吃完饭，看到壁上挂着一只曼陀铃——西班牙到处都有曼陀铃——我就问侍候我们的小孩子会不会弹。

她回答说："我不会；可是唐·育才弹得真好呢！"

我便央求他："能不能来个曲子听听？我对贵国的音乐简直是入迷的。"

"你先生人这么好，给了我这样名贵的雪茄，还有什么事我好意思拒绝呢？"唐·育才言语之间表示很高兴。

他教人摘下曼陀铃，便自弹自唱起来。声音粗野，可是好听；调子凄凉而古怪；至于歌辞，我连一个字都不懂。

"不知道我猜得对不对。"我跟他说，"你唱的不是西班牙调子，倒像我在外省①听见过的左旋歌②，歌辞大概是巴斯克语。"

"对啦。"唐·育才脸色很阴沉。

他把曼陀铃放在地下，抱着手臂，呆呆的望着快熄灭的火，有种异样的忧郁的表情。小桌上的灯光映着他的脸，又庄严，又凶猛，令人想起弥尔登诗中的撒旦。或许和撒旦一样，我这旅伴也在想着离别的家，想着他一失足成千古恨的逃亡生活③。我逗他继续谈话，他却置之不答，完全沉溺在忧郁的幻想中去了。老婆子已经在屋子的一角睡下；原来两边壁上系着根绳子，挂着一条七穿八洞的毯子作掩蔽，专为妇女们过宿的。小姑娘也跟着钻

① 所谓外省，系指在法律上享有特权的几个省份，即阿拉伐，皮斯加伊，奇波谷阿，以及拿伐的一部分。当地的语言为巴斯克语。——译者按：在庇莱南山脉两侧的法国与西班牙居民，为一种特殊民族，称巴斯特人，所用语言即巴斯克语。

② 左旋歌是巴斯克各省通行的一种带歌唱的舞蹈，拍子为八分之五。

③ 弥尔登的史诗《失乐园》中描写撒旦的阴沉壮烈的面貌，故作者借此譬喻唐·育才。撒旦原为天使之一，以反抗上帝而入魔道，卒为群魔首领；但其脱离天堂等于逃亡，故作者以一失足成千古恨为譬。

进那幔子。我的向导站起身子，要我陪他上马房；唐·育才听了突然惊醒过来，厉声问他上哪儿去。

“上马房去。”向导回答。

“干什么？马已经喂饱了，睡在这儿罢，先生不会见怪的。”

“我怕先生的马病了；希望他自个儿去瞧瞧，也许他知道该怎么办。”

显而易见，安东尼奥要和我私下讲几句话；但我不愿意让唐·育才多心，当时的局面，最好对他表示深信不疑。因此我回答安东尼奥，我对于马的事一窍不通，想睡觉了。唐·育才跟着安东尼奥上马房，一忽儿就单独回来，告诉我马明明很好，但向导把它看得名贵得不得了，用自己的上衣替它摩擦，要它出汗，预备终宵不寐，自得其乐的搞这个玩艺儿。——我已经横倒在骡皮毯上，拿大衣把身体仔细裹好。生怕碰到毯子。唐·育才向我告了罪，要我原谅他放肆，睡在我旁边，然后他躺在大门口，可没有忘了把短铳换上门药①，放在当枕头用的褡裢底下。彼此道了晚安以后五分钟，我们俩都呼呼入睡了。

大概我已经相当的累，才能在这种客店里睡着；可是过了一小时奇痒难熬的感觉打扰了我的好梦。等到弄明白了是怎么回事，我就起来，私忖与其宿在这个欺侮客人的屋子里，还不如露天过夜，便提着脚尖走到门口，跨过唐·育才的铺位；他睡梦正甜，我的动作又极其小心，居然走出屋子没把他惊醒。门外有一条阔凳，我横在上面，尽量的安排妥贴，准备把后半夜对付过去。正当要第二次阖上眼睛的时候，仿佛有一个人和一匹马的影子，声息全无的在我面前过。我坐起一瞧，认出是安东尼奥。他这个时间跑出马房，不由得令人纳闷；我便站起来向他走过去，

---

① 门药为旧式枪械上用的发火药。

他先瞧见了我，站住了。

“他在哪儿呀?”安东尼奥轻轻的问。

“在屋子里睡着呢；他倒不怕臭虫。你干么把这马牵出来呢?”

那时我才发觉，为了要无声无息的走出棚子，安东尼奥撕了一条破毯子，把马蹄仔细裹上了。

“天哪！轻声点儿。”安东尼奥和我说，“你还不知道这家伙是谁吗？他便是育才·拿伐罗①，安达鲁齐顶出名的土匪！今天一天我对你递了多少眼色，你都不愿意理会。”

我回答：“土匪不土匪，跟我有什么相干！他又没抢劫我们，我敢打赌，他也决无此意。”

“好吧；可是通风报信，把他拿住的人，有二百杜加②的赏洋可得。离此五里，有个枪骑兵的驻扎所；天没亮以前，我还来得及带几个精壮结实的汉子来。我想把他的马骑着去，无奈它凶悍得厉害，除了拿伐罗，谁也不得近身。”

“该死的家伙！他什么事得罪了你，你要告发他？并且你敢断定他真是你所说的那个土匪吗?”

“当然罗。刚才他跟我上马房，对我说：你好像认得我的；倘若你胆敢向那位好心的先生说出来，仔细你的脑袋。——先生，你留在这儿，待在他身边，不用害怕。只要知道你在这儿，他就不会疑心。”

说话之间，我们已经走了一程，和屋子离得相当远，人家不会再听到马蹄铁的声音。安东尼奥一霎眼就把裹着马脚的破布扯掉，准备上马了。我软骗硬吓，想留住他。

---

① 唐·育才为拿伐人，故称之为育才·拿伐罗——（拉丁系统的语言，形容词常放在后面，）——犹如我们称关东××，江南××。

② 杜加为西班牙的一种金币，等于十二法郎。

他回答说："先生，我是一个穷光蛋，不能轻易放过二百杜加，同时又为地方除一大害。可是你得小心点儿；倘若拿伐罗醒过来，一定会抓起他的短铳，那可不是玩的！我事情已经做到这地步，不能后退了；你自个儿想办法对付吧。"

那坏东西跨上马，踢了两下，一忽儿便在黑影里不见了。

我对我的向导不大高兴，心中也有点儿不安。想了一会，我打定了主意，回进屋子。唐·育才还睡着，大概他餐风宿露，辛苦了几日，此时正在补偿他的疲乏和瞌睡。我只得用力把他推醒。我永远忘不了他那凶狠的目光和扑上短铳的动作；幸而我防他一着，先拿他的武器放在离床较远的地方。

我说："先生，很抱歉把你叫醒；可是我有句傻话要问你：倘若这儿来了五六个枪骑兵，你心里是不是乐意？"

他纵起身子站在地下，厉声喝问："这话是谁告诉你的？"

"只要消息准确，别管它哪儿来的。"

"一定是你的向导把我出卖了；喝，我不会饶了他的。他在哪儿？"

"不知道……大概在马房里吧……可是另外有人告诉我……"

"谁？……总不会是老婆子吧？……"

"是一个我不认得的人……闲话少说。只问你愿不愿意看到大兵来；如果不愿意，那末别耽误时间；不然的话，我向你告罪，打搅了你的好梦。"

"啊，你那向导！你那向导！我早就防着了……可是……我不会便宜他的！……再见了，先生。你帮我的忙，但愿上帝报答你。我不完全像你所想的那么坏……是的，还有些地方值得侠义君子的哀怜呢……再会了，先生……我只抱憾一件事，就是不能报你的大恩。"

"唐·育才，希望你别猜疑人，别想到报复，就等于报答我了。这儿还有几支雪茄给你路上抽的；祝你一路平安！”

说罢，我向他伸出手去。

他一声不出握了握我的手，拿起他的短铳和褡裢，和老婆子说了几句我不懂的土话，就赶向棚子。不多一忽儿，我已经听见他的马在田野里飞奔了。

我吗，我又躺在凳上，可是再也睡不着。我心上盘算：把一个土匪，也许还是个杀人犯，从吊台上救下来，单单因为我跟他一起吃过火腿吃过煨饭，是不是应当的。向导倒是站在法律方面，我不是把他出卖了吗？不是使他有受到恶徒报复的危险吗？但另一方面，朋友之间的义气又怎么办呢？……我承认那是野蛮人的偏见；这个土匪以后犯的罪，我都有责任……可是凭你多大理由都打消不了的这种良知良能，果真是偏见吗？在我当时所处的尴尬局面中，也许怎么办良心都不会平安的。我对于自己的行为是否合乎道德的问题，还在左思右想，委决不下的时候，忽然出现了五六名骑兵和安东尼奥，他可是小心翼翼的躲在大兵后面。我迎上前去，告诉他们土匪已经逃走了不止两小时。老婆子被班长讯问之下，回答说她是认识拿伐罗的，但单身住在乡下，不敢冒了性命的危险把他告发。她又说，他每次到这儿来，照例半夜就动身。至于我这方面，得走上好几里地，拿护照交给区里的法官查验，具了一个结，然后他们允许我继续去作考古的采访。安东尼奥对我心怀怨恨，疑心是我拦掉了他二百杜加的财源。但回到高杜，我们还是客客气气的分手了；我尽我的财力重重的给了他一笔犒赏。

二

我在高杜耽留了几天。有人指点我，多明我会修院[①]的图书馆藏有一部手稿，可能供给我关于古孟达城的宝贵的材料。仁厚的教士们把我招待得非常殷勤；白天我便呆在修道院中，傍晚到城里去闲逛。太阳下山的时候，高杜很多闲人挤在高达奎弗河的右岸。那儿有一股浓烈的皮革味，因为当地制革的历史很悠久，至今享有盛名；同时你还可欣赏一个别有风味的景致。晚钟没响起以前几分钟，就有一大批妇女麇集在河边，站在很高的堤岸之下。那队伍可没有一个男人敢混进去的。只要晚祷的钟声一响，大家便认为天黑了。钟敲到最后一下，所有的女人都脱了衣服下水。于是一片叫喊声，嘻笑声，闹得震天价响。堤岸高头，男人们欣赏着这些浴女，把眼睛睁得挺大，可惜看不见什么。但那些模糊的白影映在深蓝的河水上，使一般有诗意的人见了不免悠然神往；你只要略微用点想象力，就可把她们当作狄阿纳与水神们的入浴，还不用怕自己受到阿克丹翁的厄运[②]。——有人告诉我，

---

① 多明我会为基督教中的一支派，与芳济会，本多会，耶稣会等并为重要的宗派，该会于十三世纪时由圣·多明我创立，因以为名。

② 神话载：森林女神狄阿纳方在水中沐浴，被猎人阿克丹翁撞见，狄一恼之下，将猎人变而为鹿，使其被自己的猎犬啮死。

有一天几个轻薄无赖凑了钱，向大寺司钟的人行贿，教他把晚钟的时间比规定的提早二十分。虽然天色还很亮，高达奎弗河的浴女却毫不迟疑，对晚祷的钟声比对太阳更信任，泰然自若的换了浴装，而那装束一向是最简单的。那一回我没有在场。我在高杜的时代，司钟的绝不贪污；暮色朦胧，只有猫眼才分得出最老的卖橘子女人和高杜城中最漂亮的女工。

一天傍晚，日光已没，什么都看不见了，我正靠着堤岸的栏杆抽着烟，忽然河边的水桥上走上一个女的，过来坐在我旁边：头上插着一大球素馨花，夜晚特别发出一股醉人的香味。她穿扮很朴素，也许还相当寒酸，像大半的女工一样浑身都是黑衣服。因为大家闺秀只有早晨穿黑，晚上一律是法国打扮的。我那个浴女一边走近来，一边让面纱卸落在肩头上①；我在朦胧的星光底下看出她矮小，年轻，身腰很好，眼睛很大。我立刻把雪茄扔掉。这个纯粹法国式的礼貌，她领会到了，赶紧声明她很喜欢闻烟味，遇到好纸现卷的烟叶，她还抽呢。碰巧我烟匣里有这种烟。马上拿几支敬她。她居然受了一支，花一个小钱问路旁的孩子要个引火绳点上了。我跟美丽的浴女一块儿抽着烟。不觉谈了很久，堤岸上差不多只剩下我们两个人了。我觉得那时约她上饮冰室②饮冰也不能算冒昧。她略微谦让一下也就应允了，但先要知道什么时间。我按了按打簧表，她听着那声音似乎大为惊奇。

“你们外国人搞的玩艺儿真新鲜！先生，您是哪一国人呢？一定是英国人吧③？”

---

① 西班牙女子所用的面纱，尺幅特别宽大，头脸肩膀都可裹人。

② 这是一种附有冰栈的咖啡馆，实际是藏的雪水。西班牙村子很少没有这种冰栈的。

③ 在西班牙凡不带着卡里谷布或绸缎样品兜销的外国人，都被视为英国人，近东一带亦然。

“在下是法国人。您呢，小姐或是太太，大概是高杜本地人吧？”

“不是的。”

“至少您是安达鲁齐省里的。听您软声软气的口音就可以知道。”

“先生既然对各地的口音这么熟，一定能猜到我是哪儿人了。”

“我想您是耶稣国土的人，和天堂只差几步路。”

（这种说法是我的朋友，有名的斗牛士法朗西斯谷·塞维拉教给我的，意思是指安达鲁齐。）

“喝！天堂！……这里的人说天堂不是为我们的。”

“那末难道您是摩尔人吗？……再不然……”我停住了，不敢说她是犹太人。

“得了吧，得了吧！您明明知道我是波希米人；要不要算个命？您可听人讲起过嘉尔曼西太吗？那便是我呀。”

十五年前我真是一个邪教徒，哪怕身边站着个妖婆，我也决不会骇而却走。当下心里想：“好吧，上星期才跟翦径的土匪一块儿吃过饭，今天不妨带一个魔鬼的门徒去饮冰。出门人什么都得瞧一下。”此外我还另有一个动机想和她结交。说来惭愧，我离开学校以后曾经浪费不少时间研究巫术，连呼召鬼神的玩艺也试过几回。虽然这种癖早已戒掉，但我对一切迷信的事照旧感到兴趣；见识一下巫术在波希米人中发展到什么程度，对我简直是件天大的乐事。

说话之间，我们已经走进饮冰室，拣一张小桌子坐下，桌上摆着个玻璃球，里头点着一支蜡烛。那时我尽有时间打量我的奚太那了①；室内几位先生一边饮冰，一边看见我有这样的美人作伴，不禁露出错愕的神气。

我很疑心嘉尔曼小姐不是纯血统，至少她比我所看到的波希米女人不知要美丽多少倍。据西班牙人的说法，一个美女必须具备三十个条件，换句话说，她要能用到十个形容词，每个形容词要适用于身上三个部分。比如说，她要有三样黑的：眼睛、眼皮，眉毛；三样细致的：手指，嘴唇，头发。欲知详细，不妨参阅勃朗多末的大作②。我那个波希米姑娘当然够不上这样完满的标准。她皮肤很匀净，但皮色和铜差不多；眼睛斜视，可是长得挺好挺大；嘴唇厚了一些，但曲线极美，一口牙比出壳的杏仁还要白。头发也许太粗，可是又长，又黑，又亮，像乌鸦的翅膀一般闪着蓝光。免得描写过于琐碎，惹读者讨厌，我可以总括一句：她身上每一个缺点都附带着一个优点，对照之下，优点变得格外显著。那是一种别具一格的，犷悍的美，她的脸使你一见之下不免惊异，可是永远忘不了。尤其是她的眼睛，带着又妖冶又凶悍的表情；从那时起我没见过一个人有这种眼神的。波希米人的眼是狼眼，西班牙人的这句俗语表示他们观察很准确。倘若诸位没空上植物园去研究狼眼③，不妨等府上的猫捕捉麻雀的时候观察一下猫眼。

当然，在咖啡馆里算命难免教人笑话。我便要求美丽的女巫允许我上她家里去；她毫无难色，马上答应了，但还想知道一下

---

① 波希米人在西班牙被称为奚太诺（女性为奚太那），详见本篇正文第四章。

② 勃朗多末（1535—1614）为法国贵族，生平游踪甚广，著有笔记多种。此处系指其所作的《名媛录》。该书第二卷《论专宠的秘诀》，详述西班牙美女之标准，所谓十个形容词，及每个形容词能适用于身上的部分，均历举无遗。

③ 巴黎的植物园为兼带动物园性质之大公园。

钟点，要我把打簧表再打一次给她听。

她把表细瞧了一会，问："这是真金的吗?"

我们重新出发的时候，已经完全到了夜里，大半铺子都已关门，差不多没有行人了。我们穿过高达奎弗大桥，到城关尽头的一所屋子前面停下。屋子外表绝对不像什么宫邸。一个孩子出来开门，波希米姑娘和他讲了几句话，我一字不懂，后来才知道那叫做罗马尼或是岂泼·加里，就是波希米人的土话。孩子听了马上走开了，我们进入一间相当宽敞的屋子，中间放着一张小桌，两只圆凳，一口柜子，还有一瓶水，一堆橘子和一串洋葱。

孩子走后，波希米姑娘立即从柜子里拿出一副用得很旧的纸牌，一块磁石，一条干瘪的四脚蛇，和别的几件法器。她吩咐我左手握着一个钱画个十字，然后她作法了。她的种种预言在此不必细述，至于那副功架，显而易见她不是个半吊子的女巫。

可惜我们不久就受到打搅。突然之间，房门打开了，一个男人裹着件褐色大衣，只露出一双眼睛，走进屋子很不客气的对着波希米姑娘吆喝。我没听清他说些什么，但他的音调表示很生气。奚太那看他来了，既不惊奇，也不恼怒，只迎上前去，咭咭呱呱的和他说了一大堆，用的仍是刚才对孩子说的那种神秘的土语。我所懂的只有她屡次提到的外江佬这个字。我知道波希米人对一切异族的人都这样称呼的。想来总是谈着我吧。看情形，来客不免要和我找麻烦了，所以我已经抓着一只圆凳的脚，正在估量一个适当的时间把它向不速之客摔过去。他把波希米姑娘粗暴的推开了，向我走来，接着又退了一步，嚷道：

"啊！先生，原来是你！"

于是我也瞧着他，认出了我的朋友唐·育才。当下我真有些后悔前次没让他给抓去吊死的。

"啊！老兄，原来是你！"我勉强笑着，可竭力不让他觉得我是强笑，“小姐正在告诉我许多未来之事，都挺有意思，可惜被你打断了。”

“老是这个脾气！早晚得治治她，看她改不改！”他咬咬牙齿，眼露凶光，直瞪着她。

波希米姑娘继续用土语跟他说着，渐渐的生气了。她眼睛充血，变得非常可怕，脸上起了横肉，拚命的跺脚：那光景好像是逼他做一件事，而他三心两意，委决不下。究竟是什么事，我也不太明白，因为她一再拿她的小手在脖子里抹来抹去。我相信这意思是抹脖子，而且那多半是指我的脖子。

唐·育才对于这一大堆滔滔汩汩的话，只斩钉截铁的回答几个字。波希米姑娘不胜轻蔑的瞅了他一眼，走到屋子的一角盘膝而坐，捡了一个橘子，剥着吃起来了。

唐·育才抓着我的胳膊，开了门把我带到街上。我们一声不出的走了一二百步，然后他用手指着远处，说：

“一直往前，就是大桥了。”

说完他掉过背去很快的走了。我回到客店，有点狼狈，心绪相当恶劣。最糟的是，脱衣服的时候，发觉我的表不见了。

种种的考虑使我不愿意第二天去要回我的表，也不想去请求当地的法官替我找回来。我把多明我会藏的手稿研究完了，动身上塞维尔。在安达鲁齐省内漫游了几个月，我想回马德里，而高杜是必经之路。我没有意思再在那里耽久，对这个美丽的城市和高达奎弗河的浴女已经觉得头疼了。但是有几个朋友要拜访，有几件别人委托的事要办，使我在这个回教王的古都中①至少得逗留三四天。

---

① 高杜（西班牙文称高杜伐）城为回教王阿勃拉·埃尔·拉芒一世于七八七年建立，古迹极多，风景幽美，为西班牙名城之一。当地所制皮革及金银器物均驰名国外。

我回到多明我会的修院，一位对我考据古孟达遗址素来极感兴趣的神甫，立刻张着手臂嚷道：

“噢，谢谢上帝！好朋友，欢迎欢迎。我们都以为你不在人世了；我哪，就是现在跟你讲话的我，为超渡你的灵魂，念了不知多少天父多少圣哉①，当然我也不后悔。这样说来，你居然没有被强盗杀死！因为你被抢劫我们是知道的了。”

“怎么呢?”我觉得有些奇怪。

“可不是吗，你那只精致的表，从前你在图书馆里工作，我们招呼你去听唱诗的时候，你常常按着机关报钟点的；那表现在给找到了，公家会发还给你的。”

“就是说。”我打断了他的话，有点儿窘了，“就是说我丢了的那只……”

“强盗现在给关在牢里；像他这种人，哪怕只为了抢一个小钱，也会对一个基督徒开枪的，因此我们很担心，怕他把你杀了。明儿我陪你去见法官领回那只美丽的表。这样，你回去可不能说西班牙的司法办的不行啦!”

我回答说：“老实告诉你，我宁可丢了我的表，不愿意到法官面前去作证，吊死一个穷光蛋，尤其因为……因为……”

“噢！你放心；他这是恶贯满盈了，人家不会把他吊两次的。我说吊死还说错了呢。你那土匪是个贵族，所以定在后天受绞刑，决不赦免②。你瞧，多一桩枪案少一桩枪案，根本对他不生关系。要是他只抢东西倒还得谢谢上帝呢！但他血案累累，都是

---

① 天父为旧教中的一种祈祷，首句均有拉丁文的天父二字。圣哉为祈祷圣母的祷文，首句有拉丁文的圣哉二字。

② 一八三〇年时，西班牙贵族尚享有此项特权。现在（译者按，此系指作者写作的年代，一八四五年）改了立宪制度，平民也有受绞刑的权利了。——译者按，此种绞刑乃令死囚坐于凳上，后置一柱，上有铁箍，可套在死囚颈内，以柱后螺丝逐渐旋紧。此种绞刑以西班牙为最盛行。

一桩比一桩残酷。”

“他叫什么名字？”

“这儿大家叫他育才·拿伐罗，但他还有一个巴斯克名字，音别扭得厉害，你我都休想念得上来。真的，这个人值得一看；你既然喜欢本地风光，该借此机会见识一下西班牙的坏蛋是怎样离开世界的。他如今在小教堂里，可以请玛蒂奈士神甫带你去。”

那位多明我会的修士一再劝我去瞧瞧“挺有意思的绞刑”是怎么布置的①，使我不好意思推辞了。我就去访问监犯，带了一包雪茄，希望他原谅我的冒昧。

我被带到唐·育才那儿的时候，他正在吃饭，对我冷冷的点点头，很有礼貌的谢了我的礼物，把我递在他手里的雪茄数了数，挑出几支，其余的都还给我，说再多也无用了。

我问他，是不是花点儿钱，或者凭我几个朋友的情面，能把他的刑罚减轻一些。他先耸耸肩膀，苦笑一下；然后又改变主意，托我做一台弥撒超渡他的灵魂。

他又怯生生的说：“你肯不肯为一个得罪过你的人再做一台？”

“当然肯的，朋友；可是我想来想去，这里没有人得罪过我呀。”

他抓着我的手，态度很严肃的握着，静默了一会，又道：

“能不能请你再办一件事？……你回国的时候，说不定要经过拿伐省；无论如何，维多利亚是必经之路，那离拿伐也不太远了。”

我说：“是的，我一定得经过维多利亚；绕道上邦贝吕纳②去一趟也不是办不到的事；为了你，我很乐意多走这一程路。”

---

① 西班牙惯例，死囚行刑之前均被送往教堂忏悔；所谓“布置”即指此项手续。

② 邦贝吕纳为拿伐省的首府。

“好吧！倘若你上邦贝吕纳，可以看到不少你感到兴趣的东西……那是一个挺美丽的城……我把这个胸章交给你（他指着挂在脖子上的一枚小银胸章），请你用纸给包起来……”说到这儿他停了一忽，竭力压制感情，“……或是面交，或是托人转交给一位老婆婆，地址我等会告诉你。——你只说我死了，别说怎么死的。”

我答应一切照办。第二天我又去看他，和他消磨了大半天。下面那些悲惨的事迹便是他亲口告诉我的。

三

他说[1]：我生在巴兹丹盆地上埃里仲杜地方。我的姓名是唐·育才·李查拉朋谷阿。先生，你对西班牙的情形很熟，一听我的姓名就能知道我是巴斯克人，世代都是基督徒[2]。姓上的唐字不是我僭称的[3]；要是在埃里仲杜的话，我还能拿出羊皮纸的家谱给你瞧呢。家里人希望我进教会，送我上学，我可不用功。我太喜欢玩回力球了，一生倒楣就为这个。我们拿伐人一朝玩了回力球，便什么都忘了。有一天我赌赢了，一个阿拉伐省的人跟我寻事：双方动了玛基拉[4]，我又赢了；但这一下我不得不离开家乡。路上遇到龙骑兵，我就投入阿尔芒查联队的骑兵营。我们山里人对当兵这一行学得很快。不久我就当上班长；正当要升作排长的时候，我走了背运，被派在塞维尔烟厂当警卫。倘若你到塞维尔，准会瞧见那所大屋子，在城墙外面，靠着高达奎弗河[5]。

---

① 本章全部为唐·育才口述，但原文不用引号，兹亦因之。

② 欧洲大陆上的人所称的基督徒均指旧教徒（即加特力教徒）。

③ 西班牙人姓字上冠有唐字，乃贵族之标记，犹法国姓上之特字，德国姓上之洪字，荷兰姓上之梵字。

④ 玛基拉为巴斯克人所用的一种铁棍。

⑤ 高达奎弗河为西班牙南部大河，自东北至西南，中游经高杜城，下游经塞维尔而入地中海。

烟厂的大门和大门旁边的警卫室，至今还在我眼前。西班牙兵上班的时候，不是玩纸牌就是睡觉；我却凭着规规矩矩的拿伐人脾气，老是不肯闲着。一天我正拿一根黄铜丝打着链子，预备拴我的枪铳针，冷不妨弟兄们嚷起来，说："打钟啦，姑娘们快回来上工了。"你知道，先生，烟厂里的女工有四五百；她们在一间大厅上卷雪茄，那儿没有二十四道①的准许，任何男子不得擅入，因为天热的时候她们装束挺随便，特别是年纪轻的。女工们吃过中饭回厂的时节，不少青年男子特意来看她们走过，油嘴滑舌的跟她们打诨。宁绸面纱一类的礼物，很少姑娘会拒绝的；一般风流人物拿这个作饵，上钩的鱼只要弯下身子去捡就是了。大家伙儿都在那里张望，我始终坐在大门口的凳上。那时我还年轻，老是想家乡，满以为不穿蓝裙子，辫子不挂在肩上的②，决不会有好看的姑娘。况且安达鲁齐的女孩子教我害怕；我还没习惯她们那一套：嘴里老是刻薄人，没有一句正经话。当时我低着头只管打链子，忽然听见一些闲人叫起来：哟！奚太那来了。我抬起眼睛，一瞧就瞧见了她。我永远记得很清楚，那天是星期五。我瞧见了那个你认识的嘉尔曼，几个月以前我就在她那儿遇到你的。

她穿着一条很短的红裙，教人看到一双白丝袜，上面的破洞不止一个，还有一双挺可爱的红皮鞋，系着火红的缎带。她把面纱撩开着，为的要露出她的肩膀和拴在衬衣上的一球皂角花。嘴角上另外又衔着一朵皂角花。她向前走着，把腰扭来扭去，活像高杜养马场里的小牝马。在我家乡，见到一个这等装束的女人，大家都要画十字的。在塞维尔，她的模样却博得每个人对她说几句风情话；她有一句答一句，做着媚眼，把拳头插在腰里，那种淫荡无耻，不愧为真正的波希米姑娘。我先是不喜欢她，便重新

---

① 二十四道为西班牙城市的警察局长兼行政长官。

② 此乃拿伐及巴斯克各省乡下女子的普通装束。

作我的活儿；可是她呀，像所有的女人和猫一样，叫她们来不来，不叫她们来偏来，竟在我面前站住了，跟我说话了：

“大哥。”她用安达鲁齐人的口语称呼我，“你的链子能不能送我，让我拿去系柜子上的钥匙呢？”

“这是为挂我的枪铳针的。”我回答。

“你的枪铳针！”她笑起来了，“啊，你老人家原来是做挑绣的，要不然怎么会用到别针呢①？”

在场的人都跟着笑了，我红着脸，一个字都答不上来。

她接着又道：“好吧，我的心肝，替我挑七尺镂空黑纱，让我做条面纱吧，亲爱的卖别针的！”

然后她拿嘴角上的花用大拇指那么一弹，恰好弹中我的鼻梁。告诉你，先生，那对我好比飞来了一颗子弹……我简直无地自容，一动不动地愣住了，像木头一样。她已经走进工厂，我才瞧见那朵皂角花掉在地下，正好在我两脚之间；不知怎么心血来潮，我竟趁着弟兄们不注意的当口把花捡了起来，当作宝贝一般放在上衣袋里。这是我第一桩傻事！

过了二三小时，我还想着那件事，不料一个看门的气喘吁吁，面无人色的奔到警卫室来。他报告说卷雪茄的大厅里，一个女人被杀死了，得赶快派警卫进去。排长吩咐我带着两个弟兄去瞧瞧。我带了两个人上楼了。谁知一进大厅，先看到三百个光穿衬衣的，或是和光穿衬衣相差无几的女人，又是叫，又是喊，指手划脚，一片声响，闹得连上帝打雷都听不见。一边地下躺着个女的，手脚朝天，浑身是血，脸上给人用刀扎了两下，画了个斜十字，几个心肠最好的女工在那里忙着救护。在受伤的对面，我看见嘉尔曼被五六个同事抓着。受伤的女人嚷着：“找忏悔师来

---

① 枪铳针与别针，在原文中只差结尾三个字母，故能用作双关的戏谑语。

呀！找忏悔师来呀！我要死啦！”嘉尔曼一声不出，咬着牙齿，眼睛像四脚蛇一般骨碌碌的打转。我问了声：“什么事啊？”但一时也摸不着头脑，因为所有的女工都跟我同时讲话。据说那受伤的女人夸口，自称袋里的钱足够在维里阿那集上买匹驴子。多嘴的嘉尔曼取笑她：“喝！你有了一把扫帚还不够吗？”对方听着恼了，或许觉得这样东西犯了她的心病，便回答说她对扫帚是外行，因为没资格做波希米女人或是撒旦的干女儿①；可是嘉尔曼西太小姐只要陪着法官大人出去散步，后面跟着两名当差赶苍蝇的时候，不久就会跟她的驴子相熟了。嘉尔曼说：“好吧，让我先把你的脸掘个水槽给苍蝇喝水②，我还想在上面画个棋盘呢。”说时迟，那时快，嘉尔曼拿起切雪茄烟的刀就在对方脸上画了个X形的十字。

案情是很明白了；我抓着嘉尔曼的胳膊，客客气气的说：“姊妹，得跟我走了。”她瞅了我一眼，仿佛把我认出来似的，接着她装着听天由命的神气，说：“好，走吧，我的面纱在哪儿？”

她把面纱没头没脑的包起来，一双大眼睛只露出一只在外面，跟着我两个弟兄走了，和顺得像绵羊。到了警卫室，排长认为案情重大，得送往监狱。押送的差事又派到我身上。我教她走在中间，一边一个龙骑兵，我自己照班长押送监犯的规矩，跟在后面。我们开始进城了，波希米姑娘先是不作声；等到走进蛇街——你大概认得那条街吧，那么多的拐弯真是名副其实——到了蛇街，她把面纱卸在肩膀上，特意让我看到那个迷人的脸蛋，尽量的扭过头来，和我说：

“长官，您带我上哪儿去呢？”

---

① 相传扫帚为女巫作法用具之一，可当作马匹用。

② 苍蝇喝水的槽是一句成语，指又宽又长的伤口。因上文提到苍蝇，故嘉尔曼用此双关语。

“上监狱去，可怜的孩子。”我尽量用柔和的口气回答；一个好军人对待囚犯，尤其是女犯，理当如此。

“哎哟！那我不是完了吗？长官大人，您发发慈悲吧。您这样年轻，这样和气！……”然后她又放低着声音说道：“让我逃走吧，我给您一块巴尔·拉岂，可以教所有的女人都爱您。”

巴尔·拉岂的意思是磁石，据波希米人的说法，有秘诀的人可以拿它作出许多妖术：比如磨成细粉，和入一杯白葡萄酒给女人喝了，她就不会不爱你。我却是尽量拿出一本正经的态度回答：

“这儿不是说废话的地方；我们要送你进监狱，这是上头的命令，无法可想的。”

我们巴斯克人的乡音非常特别，一听就知道跟西班牙人的不同；另一方面，像巴伊·姚那这句话①，也没有一个西班牙人说得清。所以嘉尔曼很容易猜到我是外省人先生，你知道波希米人是没有家乡，到处流浪的，各地的方言都能讲；不论在葡萄牙，在法兰西，在外省，在加塔罗尼亚，他们都到处为家；便是跟摩尔人和英国人，他们也能交谈。嘉尔曼的巴斯克语讲得不坏。她忽然之间跟我说：

“拉居那·埃纳·皮霍察雷那（我的意中人），你跟我是同乡吗？”

先生，我们的语言真是太好听了，在外乡一听到本土的话，我们就会浑身打颤……

（说到这里，唐·育才轻轻的插了一句：“我希望有个外省的忏悔师。”停了一会，他又往下说了。）

我听她讲着我本乡的话，不由得大为感动，便用巴斯克语回

① 巴伊·姚那为巴斯克语，意思是，“是的，先生。”

答说："我是埃里仲杜人。"

她说："我是埃查拉人——（那地方离开我本乡只有四个钟点的路程。）——被波希米人骗到塞维尔来的。我现在烟厂里作工，想挣点儿钱回拿伐，回到我可怜的母亲身边，她除了我别无依靠，只有一个小小的巴拉察①，种着二十棵酿酒用的苹果树。啊！要是能够在家乡，站在积雪的山峰底下，那可多好！今天人家糟蹋我，因为我不是本地人，跟这些流氓，骗子，卖烂橘子的小贩不是同乡，那般流氓婆齐了心跟我作对，因为我告诉她们，哪怕她们塞维尔所有的牛大王一齐拿着刀站出来，也吓不倒我们乡下一个头戴蓝帽，手拿玛基拉的汉子。好伙计，好朋友，你不能对个同乡女子帮点儿忙吗？"

先生，这完全是她扯谎，她老是扯谎的。我不知这小娘儿一辈子有没有说过一句真话，可是只要她一开口，我就相信她，那简直不由我作主。她说的巴斯克语声音是走腔的，我却相信她是拿伐人。光是她的眼睛，再加她的嘴巴，她的皮色，就说明她是波希米人。我却是昏了头，什么都没主意。我心里想，倘若西班牙人敢说我本乡的坏话，我也会割破他们的脸，像她对付她的同伴一样。总而言之，我好像喝醉了酒，开始说傻话了，也预备做傻事了。

她又用巴斯克语和我说："老乡，要是我推你，要是你倒下了，那两个加斯蒂人休想抓得住我……"

真的，我把命令忘了，把一切都忘了，对她说：

"那末，朋友，你就试一试吧，但愿山上的圣母保佑你！"

我们正走过一条很窄的巷子，那在塞维尔是很多的。嘉尔曼猛的掉过身来，打我当胸一拳。我故意仰天翻倒。她一纵就纵过

① 巴拉察为巴斯克语，意思是园子。

了我的身子，开始飞奔，教我们只看到她两条腿！……俗话说巴斯克的腿是形容一个人跑得快；她那两条腿的确比谁都不输……不但跑得快，还长得好看。我呀，我立刻站起身子，但是把长枪[1]横着，挡了路，把弟兄们先给耽搁一会；然后我也往前跑了，他们跟在我后面；可是穿着马靴，挂着腰刀，拿着长枪，不用想追上她！还不到我跟你说这几句话的时间，那女犯早已没有了影踪。街坊上的妇女还帮助她逃，有心指东说西，跟我们开玩笑。一忽儿往前一忽儿往后的白跑了好几趟，我们只得回到警卫室，没拿到典狱长的回单。

两个弟兄为了免受处分，说嘉尔曼和我讲过巴斯克语；而且那么一个娇小的女孩子一拳就轻易把我这样一个大汉打倒，老实说也不近情理。这种种都很可疑，或者是太明显了。下了班，我被革掉班长，判了一个月监禁。这是我入伍以后第一次受到惩戒。早先以为唾手可得的排长的金线就这样的吹了。

进监的头几天，我心里非常难过；当初投军的时候，想至少能当个军官。同乡尤迦，米那，都是将军了；夏巴朗迦拉，像米那一样是个黑人，也像他一样亡命到你们贵国去的，居然当了上校；他的兄弟跟我同样是个穷小子，我和他玩过不知多少次回力球呢。那时我对自己说：过去在队伍里没受处分的时间都是白费的了。现在你的记录有了污点；要重新得到长官的青睐，必须比你以壮丁资格入伍的时候多用十倍的苦功！而我的受罚又是为的什么？为了一个取笑你的波希米小贼娘！此刻也许就在城里偷东西呢。可是我不由得要想她。她逃的时候让我看得清清楚楚的那双七穿八洞的丝袜——先生，你想得到吗？——竟老在我眼前。我从牢房的铁栅中向街上张望，的确没有一个过路女人比得上这

① 西班牙的骑兵均持长枪。

鬼婆娘。同时我还不知不觉闻到她扔给我的皂角花，虽然干瘪了，香味始终不散……倘若世界上真有什么妖婆的话，她准是其中的一个！

有一天，狱卒进来递给我一块阿加拉面包①，说道：

"这是你的表妹给捎来的。"

我接了面包，非常纳闷，因为我没什么表妹在塞维尔。我瞧着面包想道：也许弄错了吧；可是面包那么香，那么开胃，我也顾不得是哪儿来的，送给谁的，决意拿来吃了。不料一切下去，刀子碰到一点儿硬东西。原来是一片小小的英国锉刀，在面包没烘烤的时候放在面粉里的。另外还有一枚值两块钱的金洋。那毫无疑问是嘉尔曼送的了。对于她那个种族人，自由比什么都宝贵，为了少坐一天牢，他们会把整个城市都放火烧了的。那婆娘也真聪明，一块面包就把狱卒骗过去了。要不了一小时，最粗的铁栅也能用这把锉刀锯断；拿了这块金洋，随便找个卖旧衣服的，我就能把身上的军装换一套便服。你不难想象在山崖上掏惯老鹰窠的人，决不怕从至少有三丈高的楼窗口跳到街上；可是我不愿意逃。我还顾到军人的荣誉，觉得开小差是弥天大罪。但我心里对那番念旧的情意很感动。在监牢里，想到外边有人关切你总是很高兴的。那块金洋使我有点气恼，恨不得把它还掉；但哪儿去找我的债主呢？这倒不大容易。

经过了革职的仪式以后，我自忖不会再受什么羞辱的了；谁知还有一件委屈的事要我吞下去。出了监狱重新上班，我被派去和小兵一样的站岗。你真想不到，对于一个有血性的男子，这一关是多么难受哇。我觉得还是被枪毙的好。至少你一个人走到前面，一排兵跟在你后面，大家争着瞧你，你觉得自己是个人物。

---

① 阿加拉为塞维尔城外七八里的小镇，所制小面包特别可口，每日均有大批运至城中发卖。

我被派在上校门外站岗。他是个有钱的年轻人，脾气挺好，喜欢玩儿。所有年轻的军官都上他家里去，还有许多老百姓，也有女的，据说是女戏子。对于我，那好比全城的人都约齐了到他门口来瞧我。呕！上校的车子来了。赶车的旁边坐着他的贴身当差。你道下来的是谁？……就是那奚太那。这一回她妆扮得像供奉圣徒骨殖的神龛一般，花花绿绿，妖冶无比，从上到下都是披绸戴金的。一件缀着亮片的长袍，蓝皮鞋上也缀着亮片，全身都是金银铺绣的滚边和鲜花。她手里拿着个波浪鼓儿。同来的有两个波希米女人，一老一少。照例还有个带头的老婆子，和一个老头儿，也是波希米人，专弄乐器，替她们的跳舞当伴奏的。你知道，有钱人家往往招波希米人去，要她们跳罗马里，这是她们的一种舞蹈；还教她们搞别的玩艺儿。

嘉尔曼把我认出来了。我们的眼睛碰在了一起，我恨不得钻下地去。

她说："阿居·拉居那；① 长官，你居然跟小兵一样的站岗吗？"

我来不及找一句话回答，她已经进了屋子。

所有的人都在院子里；虽然人多，我隔着铁栅门②差不多把一切都看在眼里。我听见鼓声，响板声，笑声，喝彩声；她擎着波浪鼓儿往上纵的时候，我偶尔还能瞧见她的头。我又听见军官和她说了不少使我脸红的话。她回答什么，我不知道。我想我真正的爱上她，大概是从那天起的；因为有三四回，我一念之间很想闯进院子，拔出腰刀，把那些调戏她的小白脸全部开肠破肚。

---

① 巴斯克语："伙计，你好。"

② 塞维尔多数屋子皆有院子，四面围着游廊。夏天大家都待在院中。院子顶上张着布幔，日间浇水，晚上撤去。屋子大门终日洞开，大门与院子之间有一道刻花甚精的铁栅门，则是严扃的。

我受罪受了大半个时辰；然后一群波希米人出来了，仍旧由车子送回。嘉尔曼走过我身边，用那双你熟悉的眼睛瞅着我，声音很轻的说：

“老乡，你要吃上好炸鱼，可以到德里阿那[①]去找里拉·巴斯蒂阿。”

说完，她身子轻得像小山羊似的钻进车子，赶车的把骡子加上一鞭，就把全班卖艺的人马送到不知哪儿去了。

不消说，我一下班就赶到德里阿那；事先我剃了胡子，刷了衣服，像阅兵的日子一样。她果然在里拉·巴斯蒂阿的铺子里。他专卖炸鱼，也是波希米人，皮肤像摩尔人一般的黑；上他那儿吃炸鱼的人很多，大概特别从嘉尔曼在店里歇脚之后。

她一见我就说：“里拉，今儿我不干啦。明儿的事明儿管[②]！——老乡，咱们出去溜溜吧。”

她把面纱遮着脸；我们到了街上，我却是糊里糊涂的不知上哪儿。

“小姐。”我对她说，“我该谢谢你送到监狱来的礼物。面包，我吃了；锉刀，我可以磨枪头，也可以留作纪念；可是钱哪，请你收回吧。”

“呦！他居然留着钱不花。”她大声的笑了，“可是也好，我手头老是很紧；管它！狗只要会跑就不会饿死[③]。来，咱们把钱吃光算了。你好好请我一顿吧。”

我们回头进城。到了蛇街的街口上，她买了一打橘子，教我用手帕包着。再走几步，她又买了一块面包，一些香肠，一瓶玛查尼拉酒；最后走进一家糖果店，把我还她的金洋，和从她口袋

---

① 德里阿那为塞维尔附郭的小镇，为当地的波希米人麇集之处。

② 西班牙成语。

③ 波希米成语。

里掏出来的另外一块金洋和几个银角子，一齐摔在柜台上，又要我把身上的钱统统拿出来。我只有一个角子和几个小钱，如数给了她，觉得只有这么一点儿非常难为情。她好像要把整个铺子都买下来，尽挑最好最贵的东西，什么甜蛋黄，杏仁糖，蜜饯果子，直到钱花完为止。这些都给装在纸袋里，归我拿着。你大概认得刚第雷育街吧，街上有个唐·班特罗王的胸像①，那倒值得我仔细想一想呢。在这条街上，我们在一所屋子前面停下。她走进过道，敲了底层的门。开门的是个波希米女人，十足地道的撒旦的侍女。嘉尔曼用波希米语和她说了几句。老婆子先咕噜了一阵。嘉尔曼为了安慰她，给她两个橘子，一把糖果，又教她尝了尝酒；然后替她披上斗篷，送到门口，拿根木闩把门闩上了。等到只剩我们两人的时候，她就像疯子一般的又是跳舞，又是笑，嘴里唱着：

“你是我的罗姆，我是你的罗米②。”

我站在屋子中间，捧着一大堆食物，不知放在哪里好。她却把一切摔在地下，跳上我的脖子，和我说：

“我还我的债，我还我的债！这才是加莱③的规矩！”

---

① 相传唐·班特罗王（译者按系十四世纪时葡萄牙王，称比哀尔一世）素喜在塞维尔城内微服夜游。某夜在街上与人争风，拔剑相斗，将对方刺死。其时仅有一老妇，闻击剑声持小灯开窗出视，此小灯即名刚第雷育。班特罗王身体畸形，故为老妇所认。翌日，大臣奏晚间有人决斗，酿成命案。王问凶手已否发见。臣答曰：“然。”王又问何不法治。臣称：“谨待王命。”王曰：“执法毋徇。”大臣乃将城内王之雕像锯下首级，置于肇事街上。今塞维尔尚有刚第雷育街，街上仍有一石像，人皆谓为唐·班特罗王之胸像，但此系近时所雕。因旧像于十七世纪时已极剥落，故市政当局易以新塑。

② 罗姆为丈夫，罗米为妻子，均波希米语。

③ 波希米人自称为加莱（男女性多数），男的为加罗，女的为加里，意义是“黑”。

啊！先生，那一天啊！那一天啊！……我一想到那一天，就忘了还有什么明天。

（唐·育才静默了一会，重新点上雪茄，又往下说了。）

我们一块儿待了一天，又是吃，又是喝，还有别的。等到她像五六岁的孩子一般吃饱了糖，便抓了几把放在老婆子的水壶里，说是“替她做冰糖酒”；她又把甜蛋黄扔在墙上，摔得稀烂，说是“免得苍蝇跟我们麻烦……”总之，所有刁钻古怪的玩艺儿都做到家了。我说很想看她跳舞，可是哪里去找响板呢？她听了马上把老婆子独一无二的盘子砸破了，打着珐琅碎片跳起罗马里来，跟打着紫檀或象牙的响板一般无二。和她在一起决不会厌烦，那我可以保险的。天晚了，我听见召集归营的鼓声，便说：

“我得回营去应卯了。”

“回营去吗？”她一脸瞧不起人的样子，“难道你是个黑奴，给人牵着鼻子跑的吗？简直是只金丝雀，衣服也是的，脾气也是的①。去吧去吧，你胆子跟小鸡一样。”

我便留下了，心里发了狠预备回去受罚。第二天早上，倒是她先提分手的话。

“你说，育才多，我可是报答你了？照我们的规矩，我再也不欠你什么，因为你是个外江佬；但你长得好看，我也喜欢你。咱们这是两讫了。再会吧。”

我问她什么时候能跟她再见。

她笑着回答：“等到你不这么傻的时候。”然后她又用比较正经一些的口吻，说：“你知道吗，小子？我有点儿爱你了。可是不会长久的。狗跟狼作伴，决没多少太平日子，倘若你肯做埃及人，也许我会做你的罗米。但这些全是废话，办不到的。哎，相

---

① 西班牙的龙骑兵制服是黄色的，故以金丝雀作譬。

信我一句话，你运气不坏。你碰到了魔鬼——要知道魔鬼不一定是难看的——他可没把你勒死。我身上披着羊毛，可不是绵羊。快快到你的圣母面前去点支蜡烛吧；她应该受这点儿孝敬。再见了。别再想嘉尔曼西太，要不然她会教你娶个木腿寡妇的①。”

这么说着，她卸下门闩，到了街上，拿面纱一裹，掉转身子就走。

她说得不错。我要从此不想她就聪明啦；可是从刚第雷育街相会了一场以后，我心里就没第二个念头：成天在街上溜达，希望能遇上她。我向那老婆子和卖炸鱼的打听。两人都回答说她上红土国去了，那是他们称呼葡萄牙的别名。大概是嘉尔曼吩咐他们这么说的，因为不久我就发觉他们是扯谎。在刚第雷育街那天以后几星期，我正在某一个城门口站岗。离城门不远，城墙开了一个缺口；日中有工人在那里做活，晚上放个步哨防走私的。白天我先看见里拉·巴斯蒂阿在岗亭四周来回了几次，和好几个弟兄说话；大家都跟他相熟，跟他的炸鱼和炸面块更其熟。他走近来问我有没有嘉尔曼的消息。

我回答说：“没有。”

“那末，老弟，你不久就会有了。”

他说的倒是实话。夜里，我被派在缺口处站岗。班长刚睡觉，立刻有个女人向我走来。我心里知道是嘉尔曼，可是嘴里仍喊着：

“站开去！不准通行！”

“别吓唬人好不好？”她走上来让我认出了。

“怎么！是你吗，嘉尔曼？”

“是的，老乡。少废话，谈正经。你要不要挣一块银洋？等

① 木腿寡妇是指执行死犯的吊台。——译者按：此语即送人性命之意。

会有人带了私货打这里过，你可别拦他们。”

“不行，我不能让他们过。这是命令。”

“命令！命令！那天在刚第雷育街，你可没想到啊。”

“啊！”我一听提到那件事，心里就糊涂了，“为了那个，忘记命令也是划得来的。可是我不愿意收私贩子的钱。”

“好吧，你不愿意收钱，可愿意再上陶洛丹老婆子那里吃饭？”

“不！我不能够。”我拚命压制自己，差点儿透不过气来。

“好极了。你这样刁难，我不找你啦。我会约你的长官上陶洛丹家。他神气倒是个好说话的，我要他换上一个睁一只眼闭一只眼的哨兵。再会了，金丝雀。等到有朝一日那命令变了把你吊死的命令，我才乐呢。”

我心一软，把她叫回来，说只要能得到我所要的报酬，哪怕要我放过整个的波希姆①也行。她赌咒说第二天就履行条件，接着便跑去通知她那些等在近旁的朋友。一共是五个人，巴斯蒂阿也在内，全背着英国私货。嘉尔曼替他们望风：看到巡夜的队伍，就用响板为号，通知他们；但那夜不必她费心。走私的一霎眼就把事情办完了。

第二天我上刚第雷育街。嘉尔曼让我等了好久，来的时候也很不高兴。

“我不喜欢推三阻四的人。”她说，“第一回你帮了我更大的忙，根本不知道有没有报酬。昨天你跟我讨价还价。我不懂自己今天怎么还会来的，我已经不喜欢你了。给你一块银洋做酬劳，你替我走吧。”

我几乎把钱扔在她头上，我拚命压着自己，才没有动手打

---

① 此处所谓波希姆非中欧的地理名称（即今之捷克），而系波希米民族之总称。

她。我们吵架吵了一个钟点，我气极了，走了：在城里溜了一会，东冲西撞，像疯子一般；最后我进了教堂，跪在最黑的一角人哭起来。忽然听见一个声音说着：

“喝！龙的眼泪①倒好给我拿去做媚药呢。”

我举目一望，原来是嘉尔曼站在我面前。

她说：“喂，老乡，还恨我吗？不管心里怎么样，我真是爱上你了。你一走，我就觉得神魂无主。得了吧，现在是我来问你愿不愿意上刚第雷育街去了。”

于是我们讲和了；可是嘉尔曼的脾气像我们乡下的天气。在我们山里，好好儿的大太阳，会忽然来一场阵雨。她约我再上一次陶洛丹家，临时却没有来。陶洛丹老是说她为了埃及的事上红土国去了。

过去的经验使我明白这话是什么意思，我便到处找嘉尔曼，凡是她可能去的地方都去了，尤其是刚第雷育街，一天要去好几回。我不时请陶洛丹喝杯茴香酒，差不多把她收服了。一天晚上我正在她那儿，不料嘉尔曼进来了，带着一个年轻的男人，就是我们部队里的排长。

“快走吧。”她和我用巴斯克语说。

我愣住了，憋着一肚子怒火。

排长吆喝道：“你在这儿干么？滚，滚出去！”

我却是一步都动不得，仿佛犯了麻痹症。军官大怒，看我不走，连便帽也没脱，便揪着我的衣领狠狠的把我摇了摇。我不知道说了些什么。他拔出剑来，我的刀也出了鞘，老婆子抓住我的胳膊，我脑门上便中了一剑，至今还留着疤。我退后一步，摆了摆手臂，把陶洛丹仰面朝天摔在地下；军官追上来，我就把刀尖

① 唐·育才为龙骑兵，而龙骑兵在原文中只用一个“龙”字称呼的。

戳进他的身子，他合扑在我刀上倒下了。嘉尔曼立刻吹熄了灯，用波希米话教陶洛丹快溜。我自己也窜到街上，拔步飞奔，不知往哪儿去，只觉得背后老是有人跟着。后来我定了定神，才发觉嘉尔曼始终没离开我。她说：

“呆鸟！你只会闯祸。我早告诉过你要教你倒楣的。可是放心，跟一个罗马的法兰德女人①交了朋友，一切都有办法。先拿这手帕把你的头包起来，把皮带扔掉，在这个巷子里等着，我马上就来。”

说完她不见了，一忽儿回来，不知从哪儿弄了件条子花的斗篷，教我脱下制服，就套在衬衣上。经过这番化妆，再加包扎额上伤口的手帕，我活像一个华朗省的乡下人，到塞维尔来卖九法甜露的②。她带我到一条小街的尽里头，走进一所屋子，模样跟早先陶洛丹住的差不多。她和另外一个波希米女人替我洗了伤口，裹扎得比军医官还高明，又给我喝了不知什么东西；最后我被放在一条褥子上，睡着了。

我喝的大概是她们秘制的一种麻醉药，因为第二天我很晚才醒，但头痛欲裂，还有点发烧，半晌方始记起上一天那件可怕的事。嘉尔曼和她的女朋友替我换了绷带，一齐屈着腿坐在我褥子旁边，用她们的土话谈了几句，好像是讨论病情。然后两人告诉我，伤口不久就会痊愈，但得离开塞维尔，越早越好；倘若我被抓去了，就得当场枪毙。

“小家伙，你得找点儿事干啦。”嘉尔曼和我说：“如今米饭

---

① 此处的罗马并非那个不朽的城市；波希米人称夫妇为罗马（译者按，此与他们称丈夫妻子的字同出一源，参阅前三五页注②），同时即以罗马一字自称其民族。西班牙的波希米人，最早大概来自荷兰一带，故又自称为法兰德人。

② 九法是一种球根类植物的根须，可制饮料。

和鳕鱼①，王上都不供给了，得自个儿谋生啦。你太笨了，做贼是不行的。但你身手矫捷，力气很大；倘若有胆量，可以上海边去走私。我不是说过让你吊死吗？那总比枪毙强。搞得好，日子可以过得跟王爷一样，只要不落在民兵和海防队手里。”

这鬼婆娘用这种怂恿的话指出了我的前途；犯了死罪，我的确只有这条路可走了。不用说，她没费多大事儿就把我说服了。我觉得这种冒险与反抗的生活，可以使我跟她的关系更加密切，她对我的爱情也可以从此专一。我常听人说，有些私贩子跨着骏马，手握短铳，背后坐着情妇，在安达鲁齐省内往来驰骋。我已经在脑子里看到，自己挟着美丽的波希米姑娘登山越岭的情景。她听着我的话笑弯了腰，说最有意思的就是搭营露宿的夜晚，每个罗姆拥着他的罗米，进入用三个箍一个幔支起来的小篷帐。

我说：“一朝到了山里，我就对你放心了！不会再有什么排长来跟我争了。”

“啊，你还吃醋呢！真是活该。你怎么这样傻呀？你没看出我爱你吗，我从来没向你要过钱。”

听她这么一说，我真想把她勒死。

闲话少说，言归正传。嘉尔曼找了一套便服来，我穿了溜出塞维尔，没有被发觉。带着巴斯蒂阿的介绍信，我上吉莱市去找一个卖茴香的商人，那是私贩子聚会的地方。我和他们相见了，其中的首领绰号叫做唐加儿，让我进了帮子。我们动身去谷尚，跟早先与我约好的嘉尔曼会合。逢到大家出去干事的时节，嘉尔曼就替我们当探子；而她在这方面的本领的确谁也比不上。她从直布罗陀回来，和一个船长讲妥了装一批英国货到某处海滩上交卸。我们都上埃斯德波那附近去等，货到之后，一部分藏在山

① 米饭与鳕鱼均为西班牙士兵的日常粮食。

中，一部分运往龙达。嘉尔曼比我们先去，进城的时间又是她通知的。这第一次和以后几次的买卖都很顺利。我觉得走私的生活比当兵的生活有意思得多；我常常送点东西给嘉尔曼。钱也有了，情妇也有了。我心里没有什么悔恨，正像波希米俗语说的，一个人花天酒地的时候，生了疥疮也不会痒的。我们到处受到好款待，弟兄们对我很好，甚至还表示敬意。因为我杀过人，而伙伴之中不是每个人都有这等亏心事的。但我更得意的是常常能看到嘉尔曼。她对我的感情也从来没有这么热烈；可是在同伴面前，她不承认是我的情妇，还要我赌神发咒不跟他们提到她的事。我见了这女人就毫无主意，不论她怎么使性，我都依她。并且，这是她第一遭在我面前表示懂得廉耻，像个正经女人；我太老实了，竟以为她把往日的脾气真的改过来了。

我们一帮总共是八个到十个人，只有在紧要关头才聚在一起，平日总是两个一组，三个一队，散开在城里或村里。表面上我们每人都有行业：有的是做锅子的，有的是贩马的；我是卖针线杂货的，但为了那件塞维尔的案子，难得在大地方露面。有一天，其实是夜里了，大家约好在凡日山下相会。唐加儿和我二人先到。他似乎很高兴，对我说：

"咱们要有个新伙计加入了。嘉尔曼这一回大显身手，把关在泰里法陆军监狱的她的罗姆给释放了。"

所有的弟兄们都会讲波希米土话，那时我也懂得一些了；罗姆这个字使我听了浑身一震。

"怎么，她的丈夫！难道她嫁过人吗？"我问我们的首领。

"是的，嫁的是独眼龙迦奇阿，跟她一样狡猾的波希米人。可怜的家伙判了苦役。嘉尔曼把陆军监狱的医生弄得神魂颠倒，居然把她的罗姆恢复自由。啊！这小娘儿真了不起。她花了两年工夫想救他出来，没有成功。最近医官换了人，她马上得手了。"

你不难想象我听了这消息以后的心情。不久我就见到独眼龙迦奇阿，那真是波希姆出的最坏的坏种：皮肤黑，良心更黑，我一辈子也没遇到这样狠毒的流氓。嘉尔曼陪着他一块儿来，一边当着我叫他罗姆，一边趁他掉过头去的时候对我眨眼睛，扯鬼脸。我气坏了，一晚没和她说话。第二天早上，大家运着私货出发，不料半路上有十来个骑兵跟踪而来。那些只会吹牛，嘴里老是说不怕杀人放火的安达鲁齐人，马上哭丧着脸纷纷逃命，只有唐加儿，迦奇阿，嘉尔曼，和一个叫做雷蒙达杜的漂亮小伙子，没有着慌。其余的都丢下骡子，跳入追兵的马过不去的土沟里。我们没法保全牲口，只能抢着把货扛在肩上，翻着最险陡的山坡逃命。我们把货包先往底下丢，再蹲着身子滑下去。那时，敌人却躲在一边向我们开枪了；这是我第一遭听见枪弹飕飕的飞过，倒也不觉得什么。可是有个女人在眼前，不怕死也不算希奇。终于我们脱险了，除掉可怜的雷蒙达杜；他腰里中了一枪，我扔下包裹，想把他抱起来。

“傻瓜！”迦奇阿对我嚷着，“背个死尸干什么？把他结果了吧，别丢了咱们的线袜。”

“丢下他算了！”嘉尔曼也跟着嚷。

我累得要死，不得不躲在岩石底下把雷蒙达杜放下来歇一歇。迦奇阿却过来拿短铳朝着他的头连放十二枪，把他的脸打得稀烂，然后瞧着说：“哼，现在谁还有本领把他认出来吗？”

你瞧，先生，这便是我过的美妙的生活。晚上我们在一个小树林中歇下，筋疲力尽，没有东西吃，骡子都已丢完，当然是一无所有了。可是你猜猜那恶魔似的迦奇阿干些什么？他从袋里掏出一副纸牌，凑着他们生的一堆火，和唐加儿俩玩起牌来。我躺在地下，望着星，想着雷蒙达杜，觉得自己还是像他一样的好。嘉尔曼蹲在我旁边，不时打起一阵响板，哼哼唱唱。后来她挪过身子，像是凑着我耳朵说话似的，不由分说亲了我两三回。

“你是个魔鬼。”我和她说。

“是的。”她回答。

休息了几小时，她到谷尚去了；第二天早上，有个牧童给我们送了些面包来。我们在那儿待了一天，夜里偷偷的走近谷尚等嘉尔曼的消息。可是一点消息都没有。天亮的时候，路上有个骡夫赶着两匹骡，上面坐着一个衣着体面的女人，撑着阳伞，带着个小姑娘，好像是她的侍女。迦奇阿和我们说：

“圣·尼古拉①给我们送两个女人两匹骡子来了。最好是不要女人，全是骡子；可是也罢，让我去拦下来！”

他拿了短铳，掩在杂树林中往小路走下去。我和唐加儿跟着他，只隔着几步。等到行人走近了，我们便一齐跳出去，嚷着要赶骡的停下来。我们当时的装束大可以把人吓一跳的，不料那女的倒反哈哈大笑。

“啊！这些傻瓜竟把我当作大家闺秀了！”

原来是嘉尔曼；她化妆得太好了，倘若讲了另一种方言，我简直认不出来。她跳下骡子，和唐加儿与迦奇阿咕哝了一会，然后跟我说：

“金丝雀，在你没上吊台以前，咱们还会见面的。我为埃及的事要上直布罗陀去了，不久就会带信给你们。”

她临走指点我们一个可以躲藏几天的地方。这姑娘真是我们的救星。不久她教人送来一笔钱，还带来一个比钱更有价值的消息，就是某一天有两个英国爵爷从格勒拿特到直布罗陀去，要经过某一条路。俗语说得好：只要有耳朵，包你有生路。两个英国人有的是金基尼②。迦奇阿要把他们杀死。我跟唐加儿两人反对。

① 盗贼均奉圣·尼古拉为祖师。

② 基尼为英国货币，值一镑一先令，今已废止。

结果只拿了他们的钱和表，和我们最缺少的衬衣。

先生，一个人的堕落是不知不觉的。你为一个美丽的姑娘着了迷，打了架，闯了祸，不得不逃到山里去，而连想都来不及想，已经从走私的变成土匪了。自从犯了那两个英国人的案子以后，我们觉得待在直布罗陀附近不大妥当，便躲入龙达山脉。——先生，你和我提的育才－玛丽亚，我便是在那儿认识的。他出门老带着他的情妇。那女孩子非常漂亮，人也安分，朴素，举动文雅，从来没一句下流话，而且忠心到极点！……他呀，他可把她折磨得厉害，平时对女人见一个追一个；还要虐待她，喜欢吃醋。有一回他把她扎了一刀。谁知她反倒更爱他。唉，女人就是这样脾气，尤其是安达鲁齐的女人。她对自己胳膊上的伤疤很得意，当作宝物一般的给大家看。除此以外，育才－玛丽亚还是一个最没义气的人，你决不能跟他打交道！……我们一同做过一桩买卖，结果他偷天换日，把好处一个人独占，我们只落得许多麻烦和倒楣事儿。好了，我不再扯开去了。那时我们得不到嘉尔曼的消息，唐加儿便说：

"咱们之中应当有一个上直布罗陀走一遭；她一定筹划好什么买卖了。我很愿意去，可是直布罗陀认识我的人太多了。"

独眼龙说："我也是的，大家都认得我；我跟龙虾[①]开了那么多玩笑，再加我是独眼，不容易化妆。"

我就说："那末应当是我去了。该怎么办呢？"一想到能再见嘉尔曼，我心里就高兴。

他们和我说："或是搭船去，或是走陆路经过圣·洛克去，都随你。到了直布罗陀，你在码头上打听一个卖巧克力的女人，叫做拉·洛洛那；找到她，就能知道那边的情形了。"

---

① 西班牙人把英国兵叫做龙虾，因他们制服的颜色与龙虾相似。——译者按，直布罗陀为英属，故驻有英国军队。

大家决定先同到谷尚山中，我把他们留在那边，自己再扮做卖水果的上直布罗陀。到了龙达，我们的一个同党给我一张护照；在谷尚，人家又给我一匹驴：我载上橘子和甜瓜，就上路了。到了直布罗陀，我发觉跟拉·洛洛那相熟的人很多，但她要不是死了，就是进了监牢；据我看，她的失踪便是我们跟嘉尔曼失去联络的原因。我把驴子寄在一个马房里，自己背着橘子上街，表面上是叫卖，其实是为碰运气，看能不能遇到什么熟人。直布罗陀是世界各国的流氓汇集之处，而且简直是座巴倍尔塔①，走十步路就能听到十种语言。我看到不少埃及人，但不敢相信他们；我试探他们，他们也试探我：明知道彼此都是一路货，可弄不清是否同一个帮子。白跑了两天，关于拉·洛洛那和嘉尔曼的消息一点没打听出来，我办了些货，预备回到两个伙伴那里去了；不料傍晚走在某一条街上，忽然听见窗口有个女人的声音喊着："喂，卖橘子的！……"我抬起头来，看见嘉尔曼把肘子靠在一个阳台上，旁边有个穿红制服，戴金肩章，烫头发的军官，一副爵爷气派。她也穿得非常华丽：又是披肩，又是金梳子，浑身都是绸衣服；而且那婆娘始终是老脾气，吱吱格格的在那里大笑。英国人好不费事的说着西班牙文叫我上去，说太太要买橘子；嘉尔曼又用巴斯克语和我说：

"上来吧，别大惊小怪！"

的确，她花样太多了，什么都不足为奇。我这次遇到她，说不上心中是悲是喜。大门口站着一个高大的英国当差，头上扑着粉②，把我带进一间富丽堂皇的客厅。嘉尔曼立刻用巴斯克语吩

---

① 巴倍尔塔是诺亚预备登天而造的塔。上帝怒其狂妄，使造塔的工人讲种种不同的语言，彼此无法了解，造塔工程因即无法继续。事见《圣经》。

② 十九世纪的人尚多戴假发，假发上再扑粉：欲有某种颜色的头发，即扑某种颜色的粉。

咐我：

“你得装做一句西班牙文都不懂，跟我也是不认识的。”

然后她转身对英国人：

“我不是早告诉你吗，我一眼就认出他是巴斯克人，你可以听听他们说的话多古怪。他模样长得多蠢，是不是？好像一只猫在食柜里偷东西，被人撞见了似的。”

“哼，你呢。”我用我的土话回答，“你神气完全是个小淫妇儿；我恨不得当着你这个姘夫教你脸上挂个彩才好呢。”

“我的姘夫！你真聪明，居然猜到了！你还跟这傻瓜吃醋吗？自从刚第雷育街那一晚以后，你变得更蠢了。你这笨东西，难道没看出我正在做埃及买卖，而且做得挺好吗？这屋子是我的，龙虾的基尼不久也是我的；我要他东，他不敢说西；我要把他带到一个永远回不来的地方去。”

“倘若你还用这种手段搞埃及买卖，我有办法教你不敢再来。”

“哎唷！你是我的罗姆吗，敢来命令我？独眼龙觉得我这样办很好，跟你有什么相干？你做了我独一无二的小心肝，还不满足吗？”

英国人问：“他说些什么呀？”

嘉尔曼回答：“他说口渴得慌，很想喝一杯。”

她说罢，倒在双人沙发上对着这种翻译哈哈大笑。

告诉你，先生，这婆娘一笑之下，谁都会昏了头的。大家都跟着她笑了。那个高大颟顸的英国人也笑了，教人拿酒给我。

我正喝着酒，嘉尔曼说：

“他手上那个戒指，看见没有？你要的话，我将来给你。”

我回答：“戒指！去你的吧！嘿，要我牺牲一只手指也愿意，倘若能把你的爵爷抓到山里去，一人一根玛基拉①比一比。”

“玛基拉，什么叫做玛基拉?”英国人问。

“玛基拉就是橘子。”嘉尔曼老是笑个不停，“把橘子叫做玛基拉，不是好笑吗？他说想请你吃玛基拉。”

“是吗?”英国人说，“那末明天再拿些玛基拉来。”

说话之间，仆人来请吃晚饭了。英国人站起来，给我一块钱，拿胳膊让嘉尔曼搀着，好像她自个儿不会走路似的。嘉尔曼还在那里笑着，和我说：

“朋友，我不能请你吃饭；可是明儿一听见阅兵的鼓声，你就带着橘子上这儿来。你可以找到一间卧房，比刚第雷育街的体面一些。那时你才知道我还是不是你的嘉尔曼西太。并且咱们也得谈谈埃及的买卖。”

我一言不答，已经走到街上了，英国人还对我嚷着：“明天再拿玛基拉来!”我又听见嘉尔曼哈哈大笑。

我出了门，决不定怎么办，晚上没睡着，第二天早上我对这奸细婆娘恨死了，决意不再找她，径自离开直布罗陀；可是鼓声一响，我就泄了气，背了橘子篓直奔嘉尔曼的屋子。她的百叶窗半开着，我看见她那只大黑眼睛在后面张望。头上扑粉的当差立刻带我进去；嘉尔曼打发他上街办事去了。等到只剩下我们两人，她就像鳄鱼般张着嘴大笑一阵，跳上我的脖子。我从来没看见她这样的美，妆扮得像圣母似的，异香扑鼻……家具上都披着绫罗绸缎，挂着绣花幔子……啊！而我却是个土匪打扮。

嘉尔曼说：“我的心肝，我真想把这屋子打个稀烂，放火烧了，逃到山里去。”

然后是百般温存！……又是狂笑！……又是跳舞！她撕破衣

---

① 关于玛基拉的意义。参阅前二四页注④

衫的褶裥，栽筋头，扯鬼脸，那种淘气的玩艺连猴子也及不上。过了一会，她又正经起来，说道：

“你听着，我告诉你埃及的买卖。我要他陪我上龙达，那儿我有个修道的姊姊……（说到这儿又是一阵狂笑。）我们要经过一个地方，以后再通知你是哪儿。到时你们上来把他抢个精光！最好是送他归天，可是——（她狞笑着补上一句，某些时候她就有这种笑容，教谁见了都不想跟着她一起笑的。）——你知道该怎么办吗？让独眼龙先出马，你们后退一些；龙虾很勇敢，本领高强，手枪又是挺好的……你明白没有？……”

她停下来纵声大笑，使我听了毛骨悚然。

“不行。”我回答说：“我虽然讨厌迦奇阿，但我们是伙计。也许有一天我会替你把他打发掉，可是要用我家乡的办法。我当埃及人是偶然的；对有些事，我像俗语说的始终是个拿伐的好汉。”

她说：“你是个蠢货，是个傻瓜，真正的外江佬。你像那矮子一样，把口水唾远了些，就自以为长人①。你不爱我，你去吧。”

她跟我说：你去吧；我可是不能去。我答应动身，回到伙伴那儿等英国人。她那方面也答应装病，直病到离开直布罗陀到龙达去的时候。我在直布罗陀又待了两天。她竟大着胆子，化了妆到小客店来看我。我走了，心里也拿定了主意。我回到大家约会的地方，已经知道英国人和嘉尔曼什么时候打哪儿过。唐加儿和迦奇阿等着我。我们在一个林子里过夜，拿松实生了一堆火，烧得很旺。我向迦奇阿提议赌钱。他答应了。玩到第二局，我说他作弊；他只是嘻嘻哈哈的笑。我把牌扔在他脸上。他想拿他的短

① 此系波希米的俗谚。

铳，被我一脚踏住了，说道："人家说你的刀法跟玛拉迦最狠的牛大王一样厉害，要不要跟我比一比？"唐加儿上来劝解。我把迦奇阿捶了几拳。他一气之下，居然胆子壮了，拔出刀来；我也拔出刀来。我们俩都叫唐加儿站开，让我们公平交易，见个高低。唐加儿眼见没法阻拦，便闪开了。迦奇阿弓着身子，像猫儿预备扑上耗子一般。他左手拿着帽子挡锋①，把刀子扬在前面。这是他们安达鲁齐的架式。我可使出拿伐的步法，笔直的站在他对面，左臂高举，左腿向前，刀子靠着右面的大腿。我觉得自己比巨人还勇猛。他像箭一般的直扑过来；我把左腿一转，他扑了个空，我的刀却已经戳进他的咽喉，而且戳得那么深，我的手竟到了他的下巴底下。我把刀一旋，不料用力太猛，刀子断了。他马上完了。一道像胳膊价粗的血往外直冒，把断掉的刀尖给冲了出来。迦奇阿像一根柱子似的，直僵僵的扑倒在地下。

"你这是干什么呀？"唐加儿问我。

"老实告诉你，我跟他势不两立。我爱嘉尔曼，不愿意她有第二个男人。再说，迦奇阿不是个东西，他对付可怜的雷蒙达杜的手段，我至今记着。现在只剩咱们两个了，但咱们都是男子汉大丈夫。你说，愿不愿意跟我结个生死之交？"

唐加儿向我伸出手来。他已经是个五十岁的人了。

"男女私情太没意思了。"他说，"你要向他明讨，他只要一块钱就肯把嘉尔曼卖了。如今我们只有两个人了，明儿怎办呢？"

"让我一个人对付吧。现在我天不怕地不怕了。"

埋了迦奇阿，我们移到二百步以外的地方去过宿。第二天，嘉尔曼和英国人带着两个骡夫一个当差来了。我跟唐加儿说：

"把英国人交给我。你管着别的几个，他们都不带武器。"

---

① 此系击剑与其他武术中的术语。

英国人倒是个有种的。要不是嘉尔曼把他的胳膊推了一下，他会把我打死的。总而言之，那天我把嘉尔曼夺回了，第一句话就是告诉她已经做了寡妇。她知道了详细情形，说道：

“你是个呆鸟，一辈子都改不了。照理你是要被迦奇阿杀死的。你的拿伐架式只是胡闹，比你本领高强的人，送在他手下的多着呢。这一回是他死日到了。早晚得轮到你的。”

我回答说：“倘若你不规规矩矩做我的罗米，也要轮到你的。”

“好罢；我几次三番在咖啡渣里看到预兆，我跟你是要一块儿死的。管它！听天由命吧。”

她打起一阵响板；这是她的习惯，表示想忘掉什么不愉快的念头。

一个人提到自己，不知不觉话就多了。这些琐碎事儿一定使你起腻了吧，可是我马上就完了。我们那种生活过得相当长久。唐加儿和我又找了几个走私的弟兄合伙；有时候，不瞒你说，也在大路上抢劫，但总得到了无可如何的关头才干一下。并且我们不伤害旅客，只拿他们的钱。有几个月工夫，我对嘉尔曼很满意，她继续替我们出力，把好买卖给我们通风报信。她有时在玛拉迦，有时在高杜，有时在格勒拿特；但只要我捎个信去，她就丢下一切，到乡村客店，甚至也到露宿的帐篷里来跟我相会。只有一次，在玛拉迦，我有点儿不放心。我知道她勾上了一个大富商，预备再来一次直布罗陀的把戏。不管唐加儿怎么苦劝，我竟大清白日的闯进玛拉迦，把嘉尔曼找着了，立刻带回来。我们为此大吵了一架。

“你知道吗？”她说，“自从你正式做了我的罗姆以后，我就不像你做我情人的时候那末喜欢你了。我不愿意人家跟我麻烦，尤其是命令我。我要自由，爱怎么就怎么。别逼人太甚。你要是惹我厌了，我会找一个体面男人，拿你对付独眼龙的办法对付你。”

唐加儿把我们劝和了：可是彼此已经说了些话，记在心上，不能再跟从前一样了。没有多久，我们倒了楣，受到军队包围。唐加儿和两位弟兄被打死，另外两个被抓去。我受了重伤，要不是我的马好，也早落在军队手里了。当时我累得要命，身上带着一颗子弹，去躲在树林里，身边只剩下一个独一无二的弟兄。一下马，我就晕了，自以为就要死在草堆里，像一头中了枪的野兔一样。那弟兄把我抱到一个我们常去的山洞里，然后去找嘉尔曼。她正在格勒拿特，马上赶了来。半个月之内，她目不交睫，片刻不离的陪着我。没有一个女人能及得上她看护的尽心与周到，哪怕是对一个最心爱的男人。等到我能站起来了，她极秘密的把我带进格勒拿特。波希米人到哪儿都有藏身之处；我六个星期躲在一所屋子里，跟通缉我的法官的家只隔两间门面。好几次，我掩在护窗后面看见他走过。后来我把身子养好了；但躺在床上受罪的时期，我千思百想，转了好多念头，打算改变生活。我告诉嘉尔曼，说我们可以离开西班牙，上新大陆去安安分分的过日子。她听了只是笑我：

“我们这等人不是种菜的料，天生是靠外江佬过活的。告诉你，我已经和直布罗陀的拿打·彭·约瑟夫接洽好一桩买卖。他有批棉织品，只等你去运进来。他知道你还活着，一心一意的倚仗着你。你要是失信了，对咱们直布罗陀的联络员怎么交代呢？”

我被她说动了，便继续干我那个不清不白的营生。

我躲在格勒拿特的时节，城里有斗牛会，嘉尔曼去看了。回来她说了许多话，提到一个挺有本领的斗牛士，叫做吕加的。他的马叫什么名字，绣花的上衣值多少钱，她全知道。我先没留意。过了几天，我那唯一老伙计耶尼多，对我说看见嘉尔曼和吕加一同在查加打一家铺子里。我这才急起来，问嘉尔曼怎么认识那斗牛士的，为什么认识的。

她说："这小伙子，咱们可以打他的主意。只要河里有声音，不是有水，便是有石子①。他在斗牛场中挣了一千二百块钱。两个办法随你挑：或是拿他的钱，或是招他入伙。他骑马的功夫很好，胆子又很大。咱们的弟兄这个死了，那个死了，反正得添人，你就邀他入伙吧。"

我回答说："我既不要他的钱。也不要他的人，还不准你和他来往。"

"小心点儿。"她说，"人家要干涉我做什么事，我马上就做！"

幸亏斗牛士上玛拉迦去了，我这方面也着手准备把犹太人的棉织品运进来。这件事使我忙得不可开交，嘉尔曼也是的；我把吕加忘了，或许她也忘了，至少是暂时。先生，我第一次在蒙底拉附近，第二次在高杜城里和你相遇，便是在那一段时间。最后一次的会面不必再提，也许你知道的比我更多。嘉尔曼偷了你的表，还想要你的钱，尤其你手上戴的那个戒指，据说是件神妙的宝物，为她的巫术极有用处。我们为此大闹一场，我打了她，她脸色发青，哭了。这是我第一次看见她哭，不由得大为震动。我向她道歉，但她整天怄气，我动身回蒙底拉，她也不愿意和我拥抱。我心中非常难受；不料三天以后，她来找我了，有说有笑，像梅花雀一样的快活。过去的事都忘了，我们好比一对才结合了两天的情人。分别的时候，她说：

"我要到高杜去赶节；哪些人是带了钱走的，我会通知你。"

我让她动身了。剩下我一个人的时候，我把那个节会，和嘉

---

① 此系波希米人的俗谚。

尔曼突然之间那么高兴的事，细细想了想。我对自己说，她先来迁就我，一定是对我出过气了。一个乡下人告诉我，高杜城里有斗牛。我听了浑身的血都涌起来，像疯子一般的出发了，赶到场子里。有人把吕加指给我看了；同时在第一排的凳上，我也看到了嘉尔曼。一瞥之下，我就知道事情不虚。吕加不出我所料，遇到第一条牛就大献殷勤，把绸结子①摘下来递给嘉尔曼，嘉尔曼立刻戴在头上。可是那条牛替我报了仇。吕加连人带马被它当胸一撞，翻倒在地下，还被它在身上踏过。我瞧着嘉尔曼，她已经不在座位上了。我被人挤着，脱身不得，只能等到比赛完场。然后我到你认得的那所屋子里，整个黄昏和大半夜工夫，我都静静的等着。清早两点左右，嘉尔曼回来了，看到我觉得有些奇怪。

我对她说："跟我走。"

"好，走吧！"

我牵了马，教她坐在马后；大家走了半夜，没有一句话。天亮的时候，我们到一个孤零零的小客店中歇下，附近有个神甫静修的小教堂。到了那里，我和她说：

"你听着，过去的一切都算了，我什么话都不跟你提；可是你得赌个咒：跟我上美洲去，在那边安分守己的过日子。"

"不。"她声音很不高兴，"我不愿意去美洲。我在这儿觉得很好呢。"

"那是因为你可以接近吕加的缘故；可是仔细想一想吧，即使他医好了，也活不了多久。并且干么你要我跟他生是非呢？把你的情人一个一个的杀下去，我也厌了；要杀也只杀你了。"

她用那种野性十足的目光直瞪着我，说道：

"我老是想到你会杀我的。第一次见到你之前，我在自己门

---

① 绸结子的颜色是每头牛出身的畜牧场的标记，结子用钩子勾在牛皮上。斗牛士从活牛身上摘下此结献给妇女，是表示极大的爱慕之意。

口遇到一个教士。昨天夜里从高杜出来，你没看到吗？一支野兔在路上窜出来，正好在你马脚中间穿过。这是命中注定的了。”

“嘉尔曼西太，你不爱我了吗？”

她不回答，交叉着腿坐在一张席上，拿手指在地下乱画。

“嘉尔曼，咱们换一种生活吧。”我用着哀求的口吻，“住到一个咱们永远不会分离的地方去。你知道，离此不远，在一株橡树底下，咱们埋着一百二十盎斯的黄金……犹太人彭·约瑟夫那儿，咱们还有存款。”

她笑了笑回答：“先是我，再是你。我知道一定是这么回事。”

“你想想吧。”我接着说，“我的耐性，我的勇气，都快完了；你打个主意吧，要不然我就决定我的了。”

我离开了她，走到小教堂那边，看见隐修的教士做着祈祷。我等他祈祷完毕，心里也很想祈祷，可是不能。看他站了起来，我便走过去和他说：

“神甫，能不能请您替一个命在顷刻的人做个祈祷？”

“我是替一切受难的人祈祷的。”他回答。

“有个灵魂也许快要回到造物主那里去了，您能为它做一台弥撒吗？”

“好吧。”他把眼睛直瞪着我。

因为我的神气有点异样，他想逗我说话。

“我好像见过你的。”他说。

我放了一块银洋在他凳上。

“弥撒什么时候开始呢？”

“再等半个钟点。那边小客店老板的儿子要来帮我上祭。年轻人，你是不是良心上有什么不安？愿不愿意听一个基督徒的劝告？”

我觉得自己快哭出来了，告诉他等会儿再来，说完便赶紧溜了。我去躺在草地上，直等到听见钟声响了才走近去，可是没进小教堂。弥撒完了，我回到客店去，希望嘉尔曼已经逃了；她满可以骑着我的马溜掉的……但她没有走。她不愿意给人说她怕我。我不在的时候，她拆开衣衫的贴边，拿出里头的铅块；那时正坐在一张桌子前面，瞅着一个水钵里的铅块，那是她才溶化了丢下的。她聚精会神的做着她的妖法，一时竟没发觉我回来。一忽而她愁容满面的拿一块铅翻来翻去，一忽儿唱一支神秘的歌，呼召唐·班特罗王的情妇，玛丽·巴第拉，据说那是波希米族的女王①。

"嘉尔曼。"我和她说，"能不能跟我来？"

她站起来把她的木钟扔了，披上面纱，预备走了。店里的人把我的马牵来，她仍坐在马后，我们出发了。

走了一程，我说："嘉尔曼，那末你愿意跟我一块儿走了，是不是？"

"跟你一块儿死，是的；可是不能再跟你一块儿活下去。"

我们正走到一个荒僻的山峡，我勒住了马。

"是这儿吗？"她一边问一边把身子一纵，下了地。她拿掉面纱，摔在脚下，一只手插在腰里，一动不动，定着眼直瞪着我。

她说："我明明看出你要杀我；这是我命该如此，可是你不能教我让步。"

我说："我这是求你；你心里放明白些吧。你听我的话呀！过去种种都甭提啦。可是你知道，是你把我断送了的；为了你，我当了土匪，杀了人。嘉尔曼！我的嘉尔曼！让我把你救出来吧，把我自己和你一起救出来吧。"

---

① 相传玛丽·巴第拉以妖术蛊惑唐·班特罗王，以一金带献于王后，王见后身上缠有毒蛇，自是即深恶后而专宠玛丽·巴第拉。

她回答："育才，你的要求，我办不到。我已经不爱你了；你，你还爱着我，所以要杀我。我还能对你扯谎，哄你一下；可是我不愿意费事了。咱们之间一切都完了。你是我的罗姆，有权杀死你的罗米；可是嘉尔曼永远是自由的。她生来是加里，死了也是加里①。"

"那末你是爱吕加了？"我问她。

"是的，我爱过他，像对你一样爱过一阵，也许还不及爱你的情分。现在我谁都不爱了，我因为爱过了你，还恨我自己呢。"

我扑在她脚下，拿着她的手，把眼泪都掉在她手上。我跟她提到我们一起消磨的美妙的时间。我答应为了讨她喜欢，仍旧当土匪当下去。先生，我把一切，一切都牺牲了，但求她仍旧爱我！

她回答说："仍旧爱你吗？办不到。我不愿意跟你一起生活了。"

我气疯了，拔出刀来，巴不得她害了怕，向我讨饶，但这女人简直是个魔鬼。

我嚷道："最后再问你一次，愿不愿意跟我走？"

"不！不！不！"她一边说一边跺脚。

她从手上脱下我送给她的戒指，往草里扔了。

我戳了她两刀。那是独眼龙的刀子，我自己的一把早已断了。在第二刀上，她一声不出的倒了下去。那双直瞪着我的大眼睛，至今在我眼前；一忽儿她眼神模糊了，闭上了眼。我在尸首前面失魂落魄的呆了大半天。然后我想起来，嘉尔曼常常说喜欢死后葬在一个树林里。我便用刀挖了一个坑，把她放下。我把她的戒指找了好久，终于找到了，放在坑里，靠近着她，又插上一

① 加里的意义，参阅前三五页注③。

个小小的十字架。也许这是不应该的。然后我上了马，直奔高杜，遇到第一个警卫站就自首了。我承认杀了嘉尔曼，可不愿意说出尸身在哪儿。隐修的教士真是一个圣者。他居然替她祷告了，为她的灵魂做了一台弥撒……可怜的孩子！把她教养成这样，都是加莱的罪过。

四

散布在全欧洲的这个流浪民族，或是称为波希米，或是称为奚太诺，或是称为奇泼赛，或是称为齐格耐①，或是叫做别的名字，至今还是在西班牙为数最多。他们大半都住在，更准确的说是流浪于南部东部各省，例如安达鲁齐，哀斯德拉玛杜，缪西；加塔罗尼亚省内也有很多②——这方面的波希米人往往流入法国境内。我们南方各地的市集上都有他们的踪迹。男人的职业不是贩马，便是替骡子剪毛，或是当兽医；别的行业是修补锅炉铜器，当然也有作走私和其他不正当的事的。女人的营生是算命，要饭，卖各种有害无害的药品。

波希米人体格的特点，辨认比描写容易；你看到了一个，就能从一千个人中认出一个与他同种的人。与住在一地的异族相比，他们的不同之处是在相貌与表情方面。皮色黑沉沉的，老是比当地的土著深一点。因为这个缘故，他们往往自称为加莱（黑

① 齐格耐是德国人称呼波希米人的名字，奇泼赛为英国人称波希米人的名字。

② 哀斯德拉玛杜省位于西班牙西部偏南，与葡萄牙接壤；缪西省在西南部的地中海滨；加塔罗尼亚省在北部，与法国接壤。

人)①。眼睛的斜视很显著，但长得很大很美，眼珠很黑，上面盖着一簇又浓又长的睫毛。他们的目光大可比之于野兽的目光，大胆与畏缩兼而有之；在这一点上，他们的眼睛把他们的民族性表现得相当准确：狡猾，放肆，同时又天生的怕挨打，像巴奴越一样②。男人多半身段很好，矫捷，轻灵；我记得从来没遇到一个身体臃肿的。德国的波希米女人好看的居多；但西班牙的奚太那极少有俊俏的。年轻的时候，她们虽然丑，还讨人喜欢；但一朝生了孩子就不可向迩了。不论男女，都是出人意外的肮脏，谁要没亲眼见过一个中年妇女的头发决计想象不出是怎么回事，纵使你用最粗硬，最油腻，灰土最多的马鬃来比拟，也还差得很远。在安达鲁齐省内某几个大城市里，略有姿色的姑娘们对自身的清洁比较注意一些。这般女孩子拿跳舞来卖钱，跳的舞很像我们在狂欢节的公共舞会中禁止的那一种。英国传教士鲍罗先生，受了圣公会的资助向西班牙境内的波希米人传教，写过两部饶有兴味的著作；他说奚太那决不委身于一个异族的男人，绝无例外。我觉得他赞美她们贞操的话是过分的。第一，大半的波希米女人都像奥维特书中的丑婆娘：俏姑娘，你们及时行乐吧。贞洁的女人决没有人请教③。至于长得好看的，那也和所有的西班牙女子一样，挑选情人的条件很苛：既要讨她们喜欢，又要配得上她们。鲍罗先生举一个实例证明她们的贞操，其实倒是证明他自己的贞操，或者更准确的说，是证明他的天真。他说，他认识一个浪子，送了好几盎斯黄金给一个奚太那，结果一无所得。我把这故

---

① 德国的波希米人虽很了解加莱一字的意义，但不喜欢人家这样称呼他们。

② 巴奴越为法国十六世纪大作家拉勃莱笔下的典型人物，人类恶劣的本能几无不具备，但玩世不恭，言辞隽永，亦有其可爱处。

③ 见舆维特（纪元前一世纪的拉丁诗人）所著《论爱情》第一卷《哀歌》第七首，上引二语系作者假托鸨母所说。

事讲给一个安达鲁齐人听，他说这个浪子倘若拿出两三块银洋，倒还有得手的希望；把几个盎斯的黄金送给一个波希米女人，其无用正如对一个乡村客店的姑娘许上一二百万的愿。——虽然如此，奚太那对丈夫的赤胆忠心却是千真万确的。为了救丈夫的患难，她们能受尽辛苦，历尽艰难。他们对自己民族的称呼之一，罗梅，原义是夫妇，足以说明他们对婚姻关系的重视。以一般而论，他们最主要的优点是乡情特别重，我的意思是指他们对同族的人的忠实，患难相助的热心，和作奸犯科的时候严守秘密的义气。但在一切不法的秘密社团中都有类似的情形。

几个月以前，我在伏越山中①参观一个定居在那里的波希米部落。在一个女族长的小屋子里，住着一个非亲非故，得了不治之症的波希米人。他原来住在医院里受到很好的看护，但特意出来死在同乡人中间。他在那儿躺了十三个星期。主人把他招待得比同住一屋的儿子女婿还要好。他睡的是一张用干草与藓苔铺得很舒服的床，被褥相当干净，家里别的人，一共有十三个，却是睡的木板，每块板只有三尺长。这是他们待客的情谊。但那个如此仁厚的女子竟当着病人和我说："快了，快了，他要死了。"归根结蒂，这些人的生活太苦了，死亡的预告对他们并不可怕。

波希米人的另一特点是对宗教问题毫不关心；并非因为他们是强者或是怀疑派。他们从来不标榜什么无神论。反之，他们所在地的宗教便是他们的宗教，但换一个国家就换一种宗教。在文化落后的民族，迷信往往是代替宗教情绪的，但对波希米人也毫不相干。利用别人的轻信过日子的人，怎么自己还会迷信呢？可是我注意到西班牙的波希米人最怕接触尸首。他们很少肯为了钱而帮丧家把死人抬往坟墓的。

---

① 伏越山脉在法国东部偏北，介于德、法两国之间。

我说过波希米女人会算命。她们在这方面的确很有本领；但最主要的收入还是卖媚药。她们不但抓着虾蟆的脚，替你羁縻朝三暮四的男人的心，或是用磁石的粉末使不爱你的人爱你；必要时还会用法术请魔鬼来帮忙。去年一个西班牙女人告诉我下面一个故事：有一天她在阿加拉街上走，心事重重，非常悲伤；一个蹲在阶沿上的波希米女人招呼她说："喂，美丽的太太，您的情人把您欺骗了。那是一定的。要不要我替您把他拉回来？"不消说，听的人是欣然接受了；而且一眼之间猜到你心事的人，你怎么会对她不信任呢？在马德里最热闹的一条街上，当然不能兴妖作法；她们便约定了下一天。到时，奚太那说："要把您那不老实的情人拉回来真是太容易了。他可送过您什么手帕，围巾，或是面纱吗？"人家给了她一块包头布，她就说："现在您用暗红丝线在布的一角缝上一块银洋——另外一角缝半块钱；这儿缝一个角子；那儿缝两个五分的。最后，在布的中央缝上一块金洋，最好是一枚两块钱的。"女太太一一照办了。"现在您把这包头布给我，我要在半夜十二点正送往公墓。倘若您想瞧瞧奇妙的妖法，不妨跟我一块儿去。我包您明天就能看到情人。"临了，波希米女人独自上公墓去了，那太太怕魔鬼，不敢奉陪。至于可怜的弃妇结果是否能收回她的头巾，再见她的情人，我让读者自己去猜了。

波希米人虽则穷苦，虽则令人感到一种敌意，但在不大有知识的人中间受到相当敬重，使他们引以为豪。他们觉得自己在智力方面是个优秀的种族，对招留他们的土著老是不客气表示轻视。伏越山区的一个波希米女人和我说："外江佬蠢得要死，你哄骗他们也不能算本领。有一天，一个乡下女人在街上叫我，我便走进她家里：原来她的炉子冒烟，要我念咒作法。我先要了一大块咸肉，然后念念有词的说了几句罗马尼，意思是：你是笨贼，生来是笨贼，死了也是笨贼……我走到门口，用十足地道的德文告诉她：要你的炉子不冒烟，最可靠的办法是不生火……说完我拔起脚来就跑。”

波希米族的历史至今尚是问题。大家知道他们最早的部落人数不多，十五世纪初叶出现于欧洲东部，但说不出从哪儿来的，为什么到欧洲来的。最可怪的是他们在短时期内，在各个相隔甚远的地区之中，居然繁殖得如此神速。便是波希米人自己，对于他们的来源也没保留下什么父老相传的说法。固然，他们多半把埃及当作自己的发源地，但这是一种很古的传说，他们只是随俗附会而已。

多数研究过波希米语的东方语言学者，认为这民族是印度出身。的确，罗马尼的不少字根与文法形式都是从梵文中化出来的。我们不难想象，波希米族在长途流浪的期间采用了很多外国字。罗马尼的各种方言中有大量的希腊文，例如骨头，马蹄铁，钉子这些字。现在的情形几乎是有多少个隔离的波希米部落，就有多少种不同的方言。他们到处对所在地的语言比自己的土语讲得更流利，土语只为了当着外人之面便于自己人交谈而讲的。德国的波希米人与西班牙的波希米人已经几百年没有往来，以双方的土语比较，仍可发见许多相同的字；但原来的土语，到处都被比较高级的外国语变质了，只是变质的程度不同而已；因为这些民族不得不用所在地的方言。一方面是德文，一方面是西班牙文，把罗马尼的本质大大的改变了，所以黑森林区①的波希米人与安达鲁齐的同胞已经无法交谈，虽然他们只要听几句话，就能知道彼此的土语同出一源。有些极常用的字，我认为在各种土语中都相同，例如在任何地方的波希米字汇中都能找到的：巴尼

① 黑森林为德国南部山脉，以多森林著称。

（水）；芒罗（面包），玛斯（肉），隆（盐）。

数目字几乎是到处一样的。我觉得德国的波希米语比西班牙的纯粹得多，因为前者保留不少原始文法的形式，不像奚太诺采用加斯蒂①语的文法形式。但有几个例外的字仍足证明两种方言的同源②。

既然我在此炫耀我关于罗马尼的微薄的知识，不妨再举出几个法国土语中的字，为我们的窃贼向波希米人学来的。《巴黎的神秘》③ 告诉我们，刀子叫做旭冷（chourin），这是纯粹的罗马尼。所有罗马尼的方言都把刀叫做旭利（tchouri）。维杜克④把马叫做格兰（grès）也是波希米语：gras，gre，graste，gris。还有巴黎土语把波希米人叫做罗马尼希（romanichel），是从波希米语的罗马南·察佛（rommané tclaave）一字变化出来的。可是我自己很得意的，是找出了弗里摩斯（frimousse）一字的字源，意义是神色，脸；那是所有的小学生，至少我小时候的同伴都用的切口。乌打于一六四〇年份编的字典就有飞尔里摩斯（firlimouse）一字。而罗马尼中的飞尔拉，飞拉（firla，fila）便是脸孔的意思；摩伊（mui）也是一个同义字，等于拉丁文中的奥斯（os）与摩索斯（musus）都可作脸孔解。把飞尔拉（firla）和摩伊（mui）连在一起，变成飞尔拉摩伊（firlamui），在一个波希米修辞学者是极容易了解的，而我认为这种混合的办法与波希米语的

---

① 加斯蒂为西班牙中部地区的旧行省名。

② 以下尚有原文十余行，均讨论波希米语动词的语尾变化，奥述每字末尾几个字母的不同，纯属语言学与文法学的范围，对不谙拉丁语系文字之读者尤为沉闷费解，且须直书西文原文，故略去不译。

③ 《巴黎的神秘》为法国十九世纪欧也纳·舒所作的小说，内容很多关于下流社会及盗贼的描写。

④ 维杜克（1775—1857）为法国有名的冒险家，行窃拐骗，无所不为，入狱越狱，不止一次；后充任巴黎警察厅的侦缉队队长，卒仍以犯案而去职。

本质也相符。

对于《嘉尔曼》的读者，我这点儿罗马尼学问也夸耀得很够了。让我用一句非常恰当的波希米俗语作结束吧，那叫做：嘴巴闭得紧，苍蝇飞不进。

高龙巴

Gao Long Ba

一

一八一×年十月初，上校汤麦斯·奈维尔爵士，爱尔兰人，优秀的英国军官，带着女儿游历意大利回来，抵达马赛，下榻于鲍伏大旅馆。意兴浓厚的旅客见一样夸一样的风气，不免促成一种反响，使现在许多游历家为了标新立异，竟以荷拉斯的切勿少见多怪一语作为箴言。上校的独养女儿丽第亚小姐，便是这一类爱发牢骚的游客。她觉得《耶稣显容》① 平淡无奇，活跃的维苏威火山也不见得比伯明罕城中的工厂烟突如何优胜。总之，她对意大利极不满意的是缺少地方色彩，缺少个性。至于何谓地方色彩，何谓个性，还得请读者自己揣摩；几年以前我还懂得这些名词，现在可完全不了解了。最初丽第亚小姐很得意，自以为在阿尔卑斯的那一边能看到些前人未尝寓目的景物，大可回国和一般像姚尔邓先生②说的高人雅士谈谈。不久，发觉到处被同胞们占了先着，要找一件不是人尽皆知的东西简直不可能，她便一变而为反对派了。的确，顶扫兴的是，一提到意大利的胜迹，必有人问："你一定见到某某城某某宫中的那幅拉斐尔吧？那真是意大利最美的东西了。"——不料那正是你疏忽了的。既然没时间包

① 《耶稣显容》为拉斐尔所作的名画，藏梵蒂冈宫中。

② 姚尔邓先生为莫利哀名剧《冒充贵族》中的主角，是一个愚昧无知，可笑可鄙的市侩。

罗万象的看到家，还不如一笔抹煞来得干脆。

住在鲍伏大旅馆的时期，丽第亚小姐有件非常懊恼的事。

她行囊中带着一幅速写，是勾的塞尼城中班拉斯琪①拱门，以为那总没有素描家动过笔的了。不料法兰西斯·范维区夫人在马塞遇到她，拿出纪念册来，在一首十四行诗与一朵枯萎的花瓣之间，居然也有那座拱门，着的是强烈的土黄色。丽第亚小姐一气之下，把自己的速写给了贴身女仆，对班拉斯琪的建筑从此失去了敬意。

奈维尔上校也感染了这种不愉快的心情。他自从太太故世以后，对一切都用女儿的眼光看的。在他心中，意大利千不该万不该使他女儿厌烦，所以它是世界上最可厌的国家。他对于绘画与雕塑固然无话可说；但以打猎而论，他断定是最没出息的地方了：他晒着大太阳在罗马郊外走了好几十里，才不过打倒几只不像样的红鹧鸪。

到马塞的第二天，奈维尔请他以前手下的副官埃里斯上尉吃饭。上尉最近在高斯②住了六星期，对丽第亚小姐讲了一桩土匪的故事，不但讲得挺好，而且妙在和她在罗马与拿波里之间常听到的盗匪故事截然不同。吃到饭后点心，只剩下两位男人斟着包尔多酒对酌，谈到打猎的时候，上校才知道高斯禽兽之丰富，种类之繁多，没有一个地方比得上。埃里斯上尉说："那边野猪极多，但你切不可与家猪相混，它们真是太相像了；万一打死了家猪，牧人就跟你找麻烦：他们全副武装的从小树林——他们叫做绿林——中钻出来，要你赔偿他们的牲口，还把你取笑一阵。高

① 班拉斯琪为史前居住希腊半岛及地中海一带的民族。塞尼城在罗马省内。

② 高斯为地中海一小岛，意大利人称为科西嘉。十八世纪中叶由热那亚城邦让与法国，现为法国行省。

斯还有古怪的摩弗仑野羊，别处看不见的，可以说是异兽，但不容易打到。至于麋，鹿，山鸡，小鹧鸪……充塞于高斯岛上的各种禽兽，简直数也数不清。上校，倘若你喜欢打猎，不妨去高斯走一遭；那儿正如我的居停主人说的，你爱打什么野味都可以，从画眉到人为止。”

喝茶的时候，上尉又讲了一桩株连远亲的愤达他①，比第一桩更古怪，使丽第亚小姐听得津津有味；他还描写当地风景的奇特，丛莽初辟的气象，岛民性格的特殊，好客的风气与原始的民情，终于使丽第亚小姐对高斯完全入迷了。最后他送她一把美丽的小匕首，其名贵并不在于形状和镶铜的手工，而是在于它的来历；因为是一个有名的土匪情让给埃里斯上尉的，保证它杀过四个人。丽第亚拿去插在腰带里，后来放在床头小几上，睡觉以前从鞘里抽出来看了两次。上校却梦见打死了一头摩弗仑野羊，主人要他付代价，他很乐意地照给了，因为那是一只非常奇怪的野兽，身体像野猪，头上长着鹿角，后面拖着一条山鸡的尾巴。

第二天，上校和女儿一同吃早饭，说道：“据埃里斯讲，高斯岛上颇有些珍禽异兽，要不是地方这么远，我倒很想去玩它半个月。”

丽第亚小姐回答：“好啊，为什么不去呢？你管你打猎，我管我画画，埃里斯上尉提到波拿帕脱②小时候读书的山洞，要是

① 愤达他（vendetta）为意大利语，意为复仇；但在高斯人另有特殊意义，即一人受辱，及于近亲；故近亲均有报复之责，报复对象亦不限于仇家本人，并及其近亲。大多先由家族会议决定，然后通知仇家，表示警告。此风在高斯渊源甚古，因高斯素受海盗侵扰，又受热那亚邦的专制统治，故家族及部落的团结特别密切。此处所谓株连远亲的愤达他，乃指仇人本身故世而无近亲时，则以仇家之远亲为报复对象。

② 欧洲人于十九世纪时大多痛恨拿破仑，不愿称其帝王之名号（拿破仑），而称其出身的姓氏（波拿帕脱）。即法国人反对拿破仑者亦称其为波拿帕脱。高斯即拿破仑之故乡。

能画在我的纪念册上，我才高兴呢。”

上校表示一个愿望而得到女儿赞成，也许这还是破天荒第一遭。这个巧合使他大为得意，但他老于世故，有心用激将法说出几点不妥之处，把丽第亚小姐心血来潮的兴致提得更高了。地区荒野，女客旅行诸多不便等等的话，一概不生作用；她什么都不怕：路上要骑马吗？那是她顶喜欢的；要搭营露宿吗？她想到就乐死了；她还说要上小亚细亚去玩呢？总而言之，你说一句，她答一句；因为没有一个英国女子去过高斯，所以她非去不可。将来回到圣·詹姆斯广场，拿出纪念册来给人看的时候，那才妙呢！——“亲爱的，为什么你把这张可爱的素描翻过了呢？”——“噢！没有什么。那不过是张速写，画的一个高斯有名的土匪，替我们当过向导的。”——“怎么！你到过高斯的？……”

法国与高斯之间当时还没有汽船来往，他们只能打听开往海岛的帆船；丽第亚小姐下了决心，认为一定能找到一条立即启碇的船。上校当天就写信到巴黎去，把预定的旅馆房间退掉，同时和一个船主接洽，他的双桅快船便是直放阿雅佐的①。船上有两个小房间。他们带足了食物。船主竭力担保，说他有个水手是很高明的厨子，做的鱼虾杂烩汤是独一无二的，他还告诉小姐船上不会不舒服，保证一路风平浪静。

此外，上校依照女儿的意思，限令船主不得搭载任何旅客，并且要把船沿着高斯岛的海岸行驶，以便欣赏山景。

① 阿雅佐为高斯全岛的首府，位于西海岸。

二

动身那天，一切都摒挡就绪，早晨就运上了船；船要等傍晚微风初起的时候才开。在等待期间，上校和女儿在加陶皮哀大街①上散步，不料船主过来请求允许他搭载一个亲戚，说是他大儿子的教父②的亲戚，为了要事必须回故乡高斯去一趟，苦于没有便船。

玛德船长又补充了几句：“他是一个挺可爱的青年，也是军人，在警卫军的步兵营中当军官，要是那一位还做着皇帝的话，他早已升作上校的了。”

上校回答：“既然他是个军人……”他还没说出“我很乐意他跟我们同船……”丽第亚小姐已经用英文嚷起来了：

“噢，一个步兵军官！（她的父亲是骑兵营的，所以她对别的兵种都瞧不起）……也许是个没教育的，可能晕船，把我们航海的乐趣都给破坏了！”

船主一句英文都不懂，但看到丽第亚撅着美丽的小嘴的神气，似乎也猜到了她的意思，便把他的亲戚大大的夸了一番，保

---

① 加陶皮哀大街为马赛最热闹的一条街。

② 西俗儿童受洗时必有一教父，一教母，负责儿童将来的宗教教育。教父教母往往不论年龄辈分，但必系儿童家长的至亲好友。

证他极有规矩，出身是班长的家庭，决不打扰上校，因为他，船主，负责把他安置在一个地方，你可以根本不觉得有他这个人。

上校和丽第亚小姐听到高斯有些家庭会父子相传的当班长，未免奇怪；但他们很天真的以为那乘客真是步兵营中的班长，便断定他是个穷小子，船主有心要帮他的忙。倘若是个军官，倒少不得和他攀谈应酬，对付一个班长可不用费心；他是个无足轻重的家伙，只要不和他的弟兄们在一起，上了刺刀，把你带到你不愿意去的地方去。

“你的亲戚晕不晕船?”丽第亚小姐问话的口气不大婉转。

“从来不晕的，小姐；不论在陆地上在海上，他都扎实得像岩石一样。”

“行！那就让他搭船吧。”她说。

“让他搭船吧。”上校也跟着应了一句。说完，他们又继续散步去了。

傍晚五点光景，玛德船长来带他们上船了。在码头上，靠近船长的舢板，他们看到一个高大的青年，蓝外套从上到下都扣着钮子，深色皮肤，黑眼睛炯炯有神，很大，很秀气，模样是个爽直而聪明的汉子。凭他侧着身子站立的习惯①和两撇卷曲的胡子，一望而知是个军人；因为那时留胡子的风气尚未时行，警卫军的姿势习惯也还没有人普遍的模仿。

见了上校，年轻人脱下便帽，不慌不忙，措辞很得体的向他道谢。

“我很高兴能帮你的忙，老弟。”上校向他亲热的点点头。

然后他下了舢板。

“你那英国人倒是大模大样的。”那青年放低着声音用意大利

---

① 军人与击剑家均有侧身站立的习惯，以减少身体受敌的面积，同时亦便于归入行列。

文和船主说。

船主把大拇指放在左眼下面，嘴角往两边扯了一下。凡是懂得手势的人，就能知道那意思是说英国人懂得意大利文，并且是个怪物。青年略微笑了笑，向玛德指了指脑门，仿佛说所有的英国人脑筋都不大健全；然后他坐在船主旁边，细细打量那个美丽的旅伴，可并没放肆的神气。

上校和女儿说着英文："这些法国兵气派都不错，所以很容易当上军官。"

接着他又用法文跟年轻人搭讪："老乡，你是哪个部队的？"

年轻人用肘子轻轻撞了撞他的亲戚，忍着笑，回答说他是警卫军猎步兵营的，现在属于第七轻装营。

"你有没有参加滑铁卢之战？你年纪还很轻呢。"

"噢，上校，我唯一的一仗就是在滑铁卢打的。"

"那一仗可等于两仗呢。"

年轻的高斯人咬了咬嘴唇。

"爸爸。"丽第亚小姐用英文说，"问问他高斯人是不是很喜欢他们的波拿帕脱？"

上校还没把这句话翻成法文，那青年已经用英文回答了，虽然口音不大纯粹，但还说得不坏。

"你知道，小姐，俗语说得好：哪怕是圣贤，本地也没人把他当作了不起。我们是拿破仑的同乡，或许倒不像法国人那末喜欢他。至于我，虽则我的家庭从前跟他有仇，我可是喜欢他的，佩服他的。"

"原来你会讲英文的！"上校说。

"讲得很坏，你不是一听就知道了吗？"

丽第亚小姐对于这种随便的口吻有些不快，但想到一个班长居然敢对皇帝有仇，不由得笑了。高斯地方的古怪于此可见；她决意拿这一点写上日记。

上校又问:“也许你在英国作过俘虏吧?”

“不，上校。我的英文是我年轻的时候跟一个贵国的俘虏学的。”

接着他向丽第亚小姐说:

“玛德说你们才从意大利回来。小姐，你想必讲的一口好多斯加语①;我担心你听我们的土话不大方便。”

上校回答:“意大利所有的方言，小女都懂。她对语言很有天分，不像我这么笨。”

“我们高斯有支民歌，有几句是牧童和牧女说的话，不知小姐能懂吗?

> 倘若我进了圣洁的天堂，天堂，
> 倘若在天堂上找不到你，我决不留恋那地方。”

丽第亚小姐觉得他引用这两句歌辞有些放肆，尤其是念这两句的时候的目光，便红着脸回答:“加比斯谷(我懂的)。”

上校问:“此番你回去，是不是有六个月的例假?”

“不，上校。他们要我退伍了②，大概因为我到过滑铁卢，又是拿破仑的同乡。我此刻回家就像歌谣中说的:希望渺茫，囊橐空空。”

说着，他望着天叹了口气。

上校拿手伸进口袋，拈着一块金洋，想找一句得体的话把钱

---

① 多斯加为意大利一大行省，以翡冷翠为首府;多斯加语为最标准的意大利语。

② 一八一五年滑铁卢战役以后，法国王政复辟，歧视帝国时代的军人，勒令大批退伍。向例退伍军人均支半俸，故下文引用歌谣中语。

塞在可怜的敌人手里。

“我也是的。”他故意装着轻松的口吻，“他们也要我退伍了；……可是你退伍的薪俸还不够买烟草。喂，班长……”

青年的手正放在舢板的船舷上，上校想把金洋塞在他手里。

他红着脸，挺了挺身子，咬着嘴唇，正待发作，却突然换了一副表情，大声的笑了。上校手里拿着钱，不由得愣住了。

“上校。”年轻人又拿出一本正经的神气，“我要劝你两点：第一，千万别送钱给一个高斯人，有些无礼的同乡会把它摔在你脸上的；第二，别把对方并不要求的头衔称呼对方。你叫我班长，我可是中尉。当然那也差不了多少，可是……”

“中尉！中尉！”上校叫起来了，“可是船主和我说你是班长，而且你的父亲，你上代里所有的人，都是班长。”

一听这几句，年轻人不禁仰着身子哈哈大笑，把船主和两个水手也引得笑起来。

末了他说：“对不起，上校；但这个误会真是太妙了，我现在才弄明白。的确，我的家庭很荣幸，上代里颇有些班长；但我们高斯的班长从来没有臂章的。一一〇〇年左右，有些村镇为了反抗山中专制的贵族，选出一批首领，称之为班长。在我们岛上，凡是祖先当过这种保护平民的官职的人家，都自认为光荣的。”

“对不起，先生！”上校大声嚷着，“真是抱歉之至。既然你懂得我误会的原因，希望你多多原谅。”

于是他向他伸出手去。

“这也是我小小的傲气应当受的惩罚。”年轻人还在那里笑着，很亲热的握着英国人的手：“我一点也不怪怨你。既然玛德把我介绍得这么不清不楚，还是让我自己来介绍一下：我叫做奥索·台拉·雷皮阿，职业是退伍的中尉。看到这两条精壮的狗，我料想你是上高斯去打猎的；要是真的，那我很高兴陪你去看看我们的山和绿林……倘若我还没把它们忘了的话。”说着又叹了口气。

那时舢板已经傍着帆船。中尉搀扶丽第亚小姐上去了，又帮着上校攀登甲板。汤麦斯爵士对于那个误会始终有点发窘，不知道得罪了一个有七百年家世的人应当怎么补救，便等不及征求女儿同意，竟约他一同吃晚饭，同时又一再道歉，一再握手。丽第亚小姐果然皱了皱眉头，但认为能够打听一下所谓班长究竟是怎么回事也很有意思；她觉得这客人并不讨厌，甚至还有点儿贵族气息；可惜他太爽直，心情太快乐，不像一个小说中人物。

上校手里端着一杯玛台尔酒，向客人弯了弯腰，说道：“台拉·雷皮阿中尉，我在西班牙见过不少你们的贵同乡，便是那大名鼎鼎的步兵射击营。”

“是的，他们之中不少人都留在西班牙了。”年轻的中尉神情肃穆的回答。

“我永远忘不了维多利亚战役①中一个高斯大队的行军。”上校说着，又揉了揉胸口：“我怎么能忘了呢？他们躲在各处园子里，借着篱垣作掩护，射击了整整一天，伤了我们不知多少弟兄和马匹。决定退却的时候，他们集中在一起，很快的跑了。我们希望到平原上对他们回敬一下，可是那些坏蛋……对不起，中尉——那些好汉排了一个方阵，教人攻不进去。方阵中间——我这印象至今如在目前——一个军官骑着一匹小黑马，守在鹰旗旁边抽着雪茄，好像坐在咖啡馆里一样。有时仿佛故意气气我们，他们还奏着军乐……我派了两排兵冲过去，谁知非但没冲进方阵，我的龙骑兵反而往斜刺里奔着，乱糟糟的退了回来，好几匹马只

① 一八一三年英国大将惠灵吞在西班牙维多利亚大败法军。

剩了空鞍……该死的军乐却老是奏个不停！等到罩着对方的烟雾散开了，我仍看见那军官在鹰旗旁边抽雪茄。一怒之下，我亲自带着队伍来一次最后的冲锋。他们的枪管发了热，不出声了；但他们的兵排成六行，上了刺刀，对着我们的马头，竟好比一堵城墙。我拚命叫着，吆喝我的龙骑兵，夹着我的马逼它向前；我说的那军官终于拿下雪茄，向他手下的人对我指了一指。我好像听见白头发三个字。当时我戴的是一顶插着白羽毛的军帽。我还没听清下文，就被一颗子弹打中了胸部。——啊！台拉·雷皮阿先生，那一营兵真了不起，可以说是二十八轻装联队中最精锐的；事后有人告诉我，他们全是高斯人。”

“是的。”奥索回答；他听着这段故事，眼睛都发亮了，“他们掩护大队人马退却，也没丢失他们的军旗；但三分之二的弟兄此刻都躺在维多利亚的平原上。”

“说不定你知道那指挥官的姓名吧？”

“那便是家父。当时他是二十八联队的少校，因为在那壮烈的一仗中指挥有功，升了上校。”

“原来是令尊！噢，他的确是个英雄！我很高兴再见见他，我一定认得他的。他还在不在呢？”

“不在了，上校。”青年的脸色有点儿变了。

“他有没有参加滑铁卢战役？”

“参加的；但他没有战死疆场的福气……而是两年以前死在高斯的……噢！这海景多美！我十年没看见地中海了。——小姐，你不觉得地中海比大西洋更美吗？”

“我觉得它颜色太蓝了些，波浪的气魄也不够伟大。”

“小姐喜欢粗野的美吗？那末我相信你一定会欣赏高斯。”

上校说：“小女只喜欢与众不同的东西；所以她觉得意大利不过尔尔。”

“意大利我只认识比士，我在那儿念过中学；可是一想到比士的墓园，斜塔，圆顶的大教堂，我就不由得悠然神往……尤其是墓园。你该记得奥加涅的《死亡》吧①……我印象太深了，大概还能凭空把它画出来呢。”

丽第亚小姐怕中尉来一套长篇大论的赞美，便打着呵欠说：

“是的，那很美。——对不起，爸爸，我有点头疼，想回舱里去了。”

她亲了亲他的额角，很庄严的对奥索点点头，走开了。两位男人继续谈着打猎跟打仗的事。

他们俩发觉在滑铁卢彼此对面交过锋，说不定还交换过不少子弹。于是两人更投机了。他们把拿破仑，惠灵吞，布律赫②，一个一个的批评过来；然后又转到打猎的题目，什么麋鹿，野猪，摩弗仑野羊等等，谈了许多。夜色已深，最后一瓶包尔多也倒空了，上校才握了握中尉的手，道了晚安，说这番友谊虽然开场那么可笑，希望能好好的发展下去。然后两人分头睡觉去了。

---

① 比士墓园为美术史上有名的建筑，所藏名画名雕，不计其数。此处所指系十四世纪画家安特莱·奥加涅所作的壁画（在墓园的大祭堂廊下），画题全文为《死之胜利与最后之审判》。

② 布律赫为普鲁士将军，在滑铁卢一役中引军增援惠灵吞，为击败拿破仑之关键。

三

夜色甚美，月影弄波，船在微风中缓缓向前。丽第亚小姐根本不想睡觉；只要心中略有几分诗意的人，对此海上夜月的景色当然不会无动于衷；丽第亚小姐是因为俗客当前，才没法细细体会那种情绪。等到她认为年轻的中尉，以他那种伧俗的性格一定呼呼睡熟了的时候，她便起床，披着大氅，叫醒了女仆，走上甲板。甲板上空无一人，只有一个把舵的水手用高斯土语唱着一种哀歌，调子很少变化，有股肃杀之气，但在静寂的夜里，这种古怪的音乐自有它的动人之处。可惜水手唱的，丽第亚不能完全懂。在许多极普通的篇章中间，有一首情绪壮烈的诗歌，使她听了大为注意；不幸唱到最美的段落，忽然夹进几句她莫名其妙的土语。但她懂得歌曲的内容是讲一桩凶杀案。对凶手的诅咒，对死者的赞美，复仇的呼声，都杂凑在一起。有几句歌辞她记熟了，我想法把它们翻译在下面：

枪炮，刺刀——都不曾使他脸容变色——在战场上他神色清明——好比夏日的天空。——他是鹫鸟，老鹰的伴侣——对于朋友，他甘美如蜜——对于敌人，他却是狂怒的海洋。——比太阳更高——比月亮更温柔。——法兰西的敌人从来没伤害到他——家乡的杀人犯——却从背后下了毒手——像维多洛杀害桑比哀罗·高索一样①。——他们从来不敢正面瞧他。——……我九死一生换来的勋章——……钉在墙上，钉在我的床前——丝带多么红。——我的衬衣更红。——留着我的勋章，留着我的血衣——为我的儿子，远客他乡的儿子。——他可以看到上面有两个弹孔。——这儿有个弹孔——别人的衣衫上也得有个弹孔。——但这还不能算报仇雪恨——我还要那只放枪的手——我要那只瞄准的眼睛——我要那颗起这个恶念的心……

唱到这里，水手忽然停住了。

“朋友，你为什么不唱了呢？”丽第亚小姐问。

水手侧了侧头，要她注意从大舱口中走出的一个人。原来是奥索出来赏月。

“把你的哀歌唱完它好不好？”丽第亚小姐说，“我正听得津津有味呢。”

水手向她伛下身子，声音极轻的说。

“我决不愿意给人家一个仑倍谷。”

“什么？你说什么？……”

水手不回答，开始打唿哨了。

---

① 桑比哀罗·高索为十六世纪高斯爱国志士，为反抗热那亚诸侯的统治而作战。其妻华尼娜·陶尔那诺为营救丈夫，私往热那亚谈判。但高索认为通敌叛国，乃大义灭亲，手刃其妻。高索卒被乡人维多洛伏兵刺死，今维多洛的名字在高斯等于卖国贼之同义字。

“奈维尔小姐①，啊，被我撞着了，原来你也在欣赏我们的地中海！”奥索一边说一边向她走过来，“别处决看不到这样的月色，你总不能否认吧？”

“我没有看月，我在专心研究高斯话。这水手唱着一首悲壮的哀歌，不料在紧要关头停住了。”

水手低着头，仿佛仔细瞧着指南针，同时偷偷把丽第亚小姐的大氅使劲扯了一下。显而易见那首哀歌是不能在奥索中尉面前唱的。

“你唱的什么呀，包罗·法朗采？”奥索问，“是一首巴拉太呢还是伏采罗②？小姐懂得歌辞，很想听完它。”

“下半节我忘了，奥斯·安东。”水手回答。

然后他马上直着嗓子，唱起一首称颂圣母的赞美诗。

丽第亚小姐心不在焉的听着，不再紧盯那唱歌的人了，暗中却打定主意非把这谜底弄清楚不可。但她的女仆是翡冷翠人，对高斯土话不比女主人懂得更多，也急于要探听明白；女主人还来不及对她示意，她已经问奥索了：

---

① 西俗对人只称姓，相熟以后方称名，与吾国习惯相同。此处丽第亚为名，奈维尔为姓。

② 高斯风俗，人死之后，特别是被暗杀的，遗体供在桌上，由家属或亲友中的妇女（甚或并无亲戚关系的女子，只要有诗歌天才），对着吊客用当地土语唱几首哀歌。此种女子称为伏采拉脱里岂（voceratrici），或用另一种不同的读音，叫做蒲采拉脱里岂（bucenatrici）。此种哀歌在东海岸叫做伏采罗，或蒲采罗，或蒲采拉多（tocero，bucero，buceratu）；在西海岸叫做巴拉太（ballata）。有时，好几个妇女当场轮流作一哀歌，往往亦由死者的妻子或女儿歌唱。

“先生，什么叫做给人一个仑倍谷①？”

“仑倍谷！”奥索嚷道，“这是对一个高斯人最大的侮辱，责备他没有雪耻报仇。谁和你讲起仑倍谷的？”

丽第亚小姐抢着回答：“那是船主昨天在马赛提到的。”

“他是说谁呀？”奥索的神色颇有点儿紧张。

“噢！他给我们讲一个从前的老故事……对啦，大概是讲华罗娜·陶尔那诺吧。”

“我想，小姐，为了华尼娜的死②，你对我们的民族英雄，那个了不起的桑比哀罗，恐怕不怎么喜欢吧？”

“你觉得那种行为真是英勇吗？”

“当时风俗野蛮，他的杀妻是可以原谅的；并且桑比哀罗正在跟热那亚人拚个你死我活，他的女人与敌人交通而不加以惩罚，怎么还能教同胞信任他呢？”

水手插言道：“华尼娜动身去意大利没有得到丈夫的准许；桑比哀罗扭断她的脖子是应该的。”

“但那是为救她的丈夫呀。”丽第亚小姐说，“为了爱他，她才去向热那亚人讨情的。”

“替他向敌人讨情便是侮辱他！”奥索嚷着。

丽第亚小姐又道：“而他竟亲自动手把她杀了，那不是魔王是什么？”

---

① 在意大利文中，仑倍加莱（rimbeccare）的意义是摈斥，呼叱，拒绝。在高斯土语中，此字作当众侮辱解。对一个被暗杀的人的儿子说他不报杀父之仇，就是“给他一个仑倍谷（rimbecco）”。在意大利统治时期，“给人仑倍谷”为法律所禁，以防遏仇杀的风气。

② 桑比哀罗·高索为十六世纪高斯爱国志士，为反抗热那亚诸侯的统治而作战。其妻华尼娜·陶尔那诺为营救丈夫，私往热那亚谈判。但高索认为通敌叛国，乃大义灭亲，手刃其妻。高索卒被乡人维多洛伏兵刺死，今维多洛的名字在高斯等于卖国贼之同义字。

“你知道，那是她像求恩典一般自己要求死在他手里的。小姐，你是不是把奥赛罗看作魔王呢?”

“那情形完全不同！奥赛罗是嫉妒；桑比哀罗不过是虚荣。”

“嫉妒不也是虚荣吗？那是爱情的虚荣，你也许为了动机而原谅这种虚荣吧?”

丽第亚小姐非常尊严的瞅了他一眼，回头问水手什么时候能够到岸。

“倘若风向不变，后天就可以到。”

“我恨不得现在就看到阿雅佐。坐在这条船上真是厌烦死了。”

她站起来，搀着女仆的手臂在甲板的走道上踱了几步。奥索呆呆的站在舵旁，不知道应当去陪她散步呢，还是把那一节似乎使她不大耐烦的谈话停止。

“我的圣母哪!”水手叹道，“多好看的姑娘！要是我床上的臭虫都像她一样，尽管咬，我也不哼一声的了!”

这样天真的赞美话，丽第亚小姐大概听到了，着了慌；因为她差不多立刻回舱。隔不多时，奥索也去睡了。他一离开甲板，女仆立即回上来把水手盘问了一番，拿下面的消息报告她的女主人：那支因奥索出现而没唱完的巴拉太，是两年以前，人家在奥索的父亲台拉·雷皮阿上校被暗杀后作的。水手认为奥索这番回高斯一定是去报仇，比哀德拉纳拉村上不久就会有新鲜肉上市。把这句通行全岛的俗话翻译出来，就是说奥索大爷预备杀死两三个犯嫌疑的凶手；固然这几个人也一度被司法当局怀疑；但法官，律师，州长，警察，都是他们夹袋中人物，所以结果被认为清白无罪，一点儿事都没有。水手又道：

“高斯是没有法律的；与其相信一个王家法院的推事，还不如相信一支好枪。你要有仇人的话，就得在三个 S 中挑①。”

这些有意思的情报，使丽第亚小姐对台拉·雷皮阿中尉的态度与心理立刻大不相同在那位想入非非的英国女子心目中，他一变而为英雄了。那种落拓不羁的神情，心直口快，嘻嘻哈哈的谈吐，先是使她印象不甚好的，如今都成为他的优点，表示一个刚毅果敢的人喜怒不形于色。她觉得奥索颇有斐哀斯葛族②人的气魄，胸怀大志而故意装得放浪形骸。这一下丽第亚才发觉年轻的中尉眼睛很大，牙齿很白，身腰很美，教育不差，也有上流社会的习惯。下一天她和他谈了好几次，觉得他的话很有意思。她打听许多关于他本乡的事，他都谈得头头是道。高斯，他是年纪很轻的时候就离开的，先是为了念中学，后来为了念军校，但在他心里始终是个极有诗意的地方。提到那里的山，森林，特殊的风俗，他不由得兴奋起来。说话之间，愤达他这个名字出现了好几次；而你谈到高斯人就不能不对这个遐迩皆知的民情或褒或贬。奥索对于他的同胞那种永无穷尽的仇恨，大体上是谴责的，使丽第亚小姐听了有些奇怪。但乡下人中间有此风俗，他认为可以原谅，甚至断定愤达他是穷人之间的决斗。他说：“我这个意见并非没有根据，因为彼此的仇杀都照规矩提过警告，设计陷害之前有一句话非说不可，就是：你小心点儿！敝乡的凶杀案的确比别处多，但从来没有一桩出于卑鄙的动机。我们不少杀人犯，可没有一个贼。”

每逢他提到愤达他和凶杀的字眼，丽第亚小姐总把他留神瞧

① 这是高斯人特有的说法，三个 S 为三个高斯字的第一个字母(Schipopetto，stiletto，Strada——枪，刀，逃)。

② 斐哀斯葛为十三至十六世纪时意大利有名的贵族，称霸热那亚。家属中前后共有二个教皇，三十个红衣主教，海陆将领不计其数。

着，却找不出一点儿动感情的痕迹。既然认为他有那种令人莫测高深的魄力——当然对她是瞒不过的——她便继续相信台拉·雷皮阿上校的在天之灵不久就会得到安慰的。

双桅快船已经望见了高斯的海岸。船主把岸上重要的地名一个一个的说出来，虽然那些地方对丽第亚全是陌生的，但她很高兴知道它们的名字。无名的风景是最乏味的，这是一般游客的心理。有时上校的望远镜中映出一个岛民，穿着棕色衣服，背着长枪，骑着一匹小马在险陡的山坡上飞奔。丽第亚小姐把每一个都当作土匪或是替父亲报仇的儿子，但据奥索说来，那只是附近村镇上的老百姓干他的私事；带枪不是为了需要，而是为了壮行色，为了风气如此，正如都市里的公子哥儿出门不能没有一根漂亮的手杖。虽则以武器而论，长枪不及匕首有诗意，但丽第亚小姐认为男人带枪究竟比拿手杖更风流威武，同时她记得拜仑勋爵笔下的人物也都是死于子弹，而非死于古色古香的匕首的。

航行三天以后，已经到了桑琪南群岛前面，阿雅佐湾庄严的全景都展开在旅客的眼底了。大家把它比之于拿波里湾的确很有道理；船进港口的时候，一个着火的绿林正好把浓烟罩着琪拉多山峰，令人想起维苏威火山，使阿雅佐湾更像拿波里湾。倘使要两者完全相似，只要一支阿提拉的军队把拿波里近郊扫荡一下就行了①；因为阿雅佐城四周一片荒凉，渺无人烟。不像拿波里从加斯德拉玛莱港到弥赛纳海峡，鳞次栉比，尽是漂亮的工厂，阿雅佐湾附近只有些阴森森的树林，后面是荒瘠不毛的山。没有一个别庄，没有一所屋舍。城市周围的高岗上，绿荫中零零星星的耸立着几所白的建筑物，那是亡人的祭堂和家庭的墓园。总之，

① 阿提拉为五世纪时率领匈奴大军侵略东西罗马帝国的领袖。

全部的风景都带着一种严肃而凄凉的美。

城市的外观，尤其在那一个季节，把四郊的荒凉所给人的印象格外加强了。街上毫无动静，只有几个闲人，而且老是那几个。没有一个女的，除非是进城粜卖粮食的乡下女人。你听不到高声的说话，更听不到像意大利城市中那样的歌声与笑声。走道的树荫底下，偶尔有十来个全副武装的乡下人玩着纸牌，或者看着人家玩。他们不叫不嚷，从来不争吵，赌得紧张了，只有手枪的声音，那永远是威吓的前奏。高斯人天生是严肃而沉默的。晚上，有几个人出来纳凉，但路上散步的几乎全是外乡人，岛上的居民都站在自己的屋门口，好像老鹰蹲在窠上防着敌人。

四

拿破仑诞生的屋子参观过了，糊壁纸也用了半正当半不正当的手段弄到了一点样品，丽第亚小姐在高斯待上两天，就觉得郁闷不堪：在一个居民无法亲近而使你完全孤独的地方，任何游客都难免有这种感觉。她后悔当初不该一时冲动；可是立刻回去又势必伤了她不怕艰险的大旅行家的英名，因此丽第亚小姐只得耐着性子，尽量想办法去消磨光阴。凭着这勇敢的决心，她端整了铅笔，颜色，勾了一张海湾图，又拿一个卖甜瓜的乡下人做模特儿画了一幅肖像：他皮色乌黑，像大陆上种菜的，但留着一绺白须，神气活脱是个最凶恶的强盗。她觉得这些还不够有趣，便有心把班长世家的后人挑逗一下；这也不是难事，因为奥索非但不急于回到村里去，倒反在阿雅佐把日子过得挺高兴，虽则在当地也没什么宾客来往。此外，丽第亚心中还存着个高尚的念头，想收服这野蛮的山民，要他把那个引他回乡的可怕的计划丢开。自从她冷眼旁观的对他留神以后，就觉得这年轻人白白牺牲掉未免太可惜了；同时，能说服一个高斯人归化对她也是莫大的光荣。

这几位游客的日子是这样消磨的：白天，上校和奥索出去打猎；丽第亚小姐不是画素描，便是写信给女朋友们，因为能够在信上写着“寄自阿雅佐”字样真是太妙了；六点光景，男人们带着野味回来；大家一块儿吃晚饭，饭后，丽第亚小姐唱歌，上校打盹，两个年轻人一块儿直谈到深夜。

不知护照有什么一种手续，竟需要上校去拜访州长；这州长跟大半的同僚一样闷得发慌，知道来了个英国财主，上流人物，还带着一个俊俏的女儿，不禁高兴之极，把上校招待得非常客气，再三说如有驱遣定当效劳一类的话；不多几天，他又来回拜。上校刚吃罢饭，正消消停停的躺在沙发上预备打盹；女儿在一架破钢琴上自谈自唱；奥索在旁翻着乐谱，欣赏歌唱家的肩头和金黄的头发。仆人通报说州长来了，琴声马上停止，上校站起来，把女儿向州长介绍了，又说：

“我不介绍台拉·雷皮阿先生了，你大概认识他的吧？”

“阁下是台拉·雷皮阿上校的公子吧？”州长的神气略微有些为难。

“是的，先生。”奥索回答。

“我以前是认得令尊的。”

普通的应酬话不久都谈完了。上校不由自主的打了好几个呵欠；奥索以前进分子的身份，不愿意和当局的官员交谈：所以只剩下丽第亚小姐一个人和客人搭讪。州长也不愿让谈话冷落；能够和一个认识全欧洲名流的妇女谈谈巴黎和上流社会，他显然高兴极了。他一边说话一边常常极好奇的打量着奥索。

“你们和台拉·雷皮阿先生是在大陆上认识的吗？”他问丽第亚小姐。

丽第亚小姐不大好意思的回答，说他们是在到高斯的船上认识的。

州长轻轻的说：“他是个极有教养的青年。”然后把声音放得更低，“他有没有和你谈起回到高斯来有什么目的？”

丽第亚小姐登时扮起一副庄严的面孔，回答道：

“我没有问过他。先生不妨向他打听一下。”

州长不作声了；可是过了一会，听见奥索用英文和上校说话，便道：

“先生，你似乎地方走得很多，大概把高斯和它的……它的风俗忘了吧？”

“不错，我离开本乡的时候年纪很轻。”

“你至今还在军中吗？”

“先生，我现在退伍了。”

“你在法国军中待得那么久，我相信你一定变成十足地道的法国人了。”

说这最后一句的时候，州长的语气特别加重。

说高斯人是法国人，对高斯人不是一句恭维话。他们喜欢自成一族，而他们的行为也教人不得不承认这一点。奥索当下有些恼了，反问道：

“州长先生，你以为一个高斯人要受人尊重，必需在法国吃过粮吗？”

“当然不是，我不是这意思；我只是指这里的某些风俗，往往不是一个管行政的人所愿意看到的。”

他着重于风俗这个字，又尽量装出严肃的神气。不一会他站起身来告辞了，要丽第亚小姐答应，改日务必到州长公署去会会他的太太。

他走了，丽第亚小姐说：

“我直要到了高斯，才见识到所谓州长是何等人物。这一位看来倒还和气。”

奥索道：“我却不敢说这个话，他那种夸大的，故弄玄虚的神气，我觉得好古怪。”

上校差不多睡着了；但丽第亚小姐仍在眼梢里把父亲瞅了一

下，放低着声音：

“我，我不觉得他像你所说的弄什么玄虚，我懂得他的意思。”

“没有问题，奈维尔小姐，你是心明眼亮的人；可是你要在他刚才说的话里找到什么意义，那一定是你自己加进去的。”

“这句话我记得是玛斯加里叶侯爵说的①；可是……要不要我给你一个证据，证明我料事如神？我颇有点儿法术，一个人被我见过两次，我就能知道他的心事。”

“噢，我的天！你把我吓坏了。倘若你能猜透我的思想，我不知道自己应该是悲是喜。”

“台拉·雷皮阿先生。”丽第亚红着脸往下说，“我们不过相识了几天；可是在海上，在野蛮地方——原谅我用这个字……——大家比在交际场中容易相熟……所以请你别奇怪我以朋友的资格提到你的私事，那也许是不应当由外人顾问的。”

“噢，别说什么外人不外人，奈维尔小姐；我更喜欢你自称为朋友。”

“好吧，先生，我要告诉你：虽则并没刺探秘密的意思，我却是知道了一部分秘密，而我因此很难过。我知道府上遭受的不幸；人家又和我提到许多你们贵同乡睚眦必报的脾气和报仇的方式……州长所暗示的不就是这个吗？”

“小姐以为我……”奥索的脸白得像死人一样。

“不是的，台拉·雷皮阿先生。”她打断了他的话：“我知道你是个洁身自好的君子。你亲自和我说过，贵乡现在只有平民才干那个愤达他……你认为那是一种决斗……”

“难道你以为我有朝一日会杀人吗？”

---

① 玛斯加里叶为莫利哀剧中的人物，狡狯无耻，冒充为侯爵。

“既然我跟你提到这件事，奥索先生，可见我并没疑心你。”然后她又放低了声音：“而我所以要提，因为我觉得你一回到本乡，也许会被野蛮的成见包围；那时倘若你知道有一个人，因为你能抵抗周围的诱惑而佩服你的勇气，或许对你不无帮助。——得了。”说到这里，她站了起来，“别谈这些不愉快的事了，我想到就头疼；再说，时间也很晚了。你不会见怪吧？明儿见。”她向他伸出手去。

奥索很严肃的紧紧握着她的手，似乎很感动。

“小姐，你知道有些时候，乡土的本能会在我心中觉醒。有时我想起先父……种种可怕的念头就来跟我纠缠不清。你这一席话使我从此解脱了。谢谢你！谢谢你！”

他还想往下说；可是丽第亚小姐把一只羹匙掉在地下，把上校闹醒了。

“台拉·雷皮阿，明儿五点出发打猎，别迟到啊。”

“不会的，上校。”

五

次日，正当打猎的伙伴快要回家的时候，奈维尔小姐从海边散步回来，带着女仆向旅店走着，忽然瞧见一个全身穿黑的少妇，跨着一匹身材矮小而非常壮健的马进城。她背后跟着一个乡下人模样的人，也骑着马；棕色的上衣，臂弯里都破了；身上斜挂着一根皮带，系着一个葫芦；腰间插着一支手枪，手里又拿着一支长枪，木柄的一头纳在一只拴在鞍架上的皮袋里；总而言之，他的穿扮活脱是个舞台上的土匪，或是一个赶路的高斯老百姓。那女的姿容绝世，立刻引起了奈维尔小姐的注意。她似乎有二十来岁，高大身材，嫩白皮肤，深蓝眼睛，粉红嘴唇，一口牙齿像细瓷。她的表情又高傲，又不安，又忧郁。头上披的是从前由热那亚行到本地来的面纱，叫做美纱罗，妇女们戴着最合适。盘在头上的栗色长辫像包头布。衣服非常清洁，但素净到极点。

丽第亚小姐尽有时间打量这个戴美纱罗的女子，因为她在街上停下来向人打听，而且看她眼睛的表情，问的是件很重要的事；听了人家的回答，她把坐骑加上一鞭，直奔奈维尔爵士与奥索下榻的旅馆。到了门首，和店主人回答了几句，少妇便身手轻捷的下了马，坐在大门旁边一条石凳上，跟随的人牵着马自上马房去了。丽第亚小姐穿着巴黎装束走过，那陌生女子连头也没抬起来。过了一刻钟，丽第亚打开楼窗，戴美纱罗的女子仍旧坐在那里，姿势也没变。不多一会，上校和奥索打猎回来了。店主人指着年轻的台拉·雷皮阿和那女的说了几句。女的脸一红，急忙站起，迎上几步，又忽然停住，好似愣住了一般。奥索和她离得很近，好生诧异的把她打量着。

她声音很激动的说道："你是索奥·安东尼奥·台拉·雷皮阿吗？我是高龙巴。"

"高龙巴！"奥索嚷起来。

他立刻抓着她，很温柔的把她拥抱了；上校父女看了很奇怪，因为英国从来没有当街拥抱的事。

高龙巴说："哥哥，请你原谅，我没得到你的允许就来了；朋友们说你已经到了。而我看到你真是极大的安慰……"

奥索又把她拥抱了一下；接着转身向着上校，说道：

"这是我的妹妹；要不是她自己通名，我竟认不得了。她叫高龙巴。——这位是汤麦斯·奈维尔上校。——上校，很抱歉，今天我不能陪你们吃晚饭了……我的妹妹……"

"哎！朋友，你们上哪儿吃饭呢？"上校喊道："这要命的客店，只有一桌为我们预备的饭还可以吃。小姐，跟我们一起来吧，让小女也喜欢一下。"

高龙巴瞅着她的哥哥，他也不多推让，大家便进入旅店最大的一间屋，给上校作客室与餐厅用的。台拉·雷皮阿小姐见过了奈维尔小姐，一言不发，只深深的行了个礼。她显见非常慌张，并且和上流社会的外国人在一起，也许还是生平第一遭。但她一举一动并没半点乡气。她的与众不同的特点把她强直的举止遮盖了。丽第亚小姐也看中了这点特色。除了上校一行人占据的屋子以外，旅馆里已没有别的空房；丽第亚小姐居然降尊纡贵，或是因为好奇的关系，竟自动邀请台拉·雷皮阿小姐在她房里搭一张床。

高龙巴支吾其辞的说了几句道谢的话，便跟着奈维尔小姐的女仆到房中梳洗去了；她一路上风尘仆仆，自然需要收拾一下。

回进客厅，高龙巴看见两位猎人放在一边的枪支，便停下来赞道：

“喝，好枪！——哥哥，是你的吗？”

“不，那是上校的英国枪，不但好看，而且中用。”

高龙巴说：“我希望你也能有这样的一支。”

上校接口道：“这三支里头当然有一支是他的。他真是用的太妙了：今天发了十四枪，没有一枪虚发的！”

于是一推一让，双方客气个不了，结果奥索竟却不过上校的情意，使高龙巴大为高兴；那看她的脸色就可知道；刚才那么严肃，现在却眼睛闪着光，欢喜得像小孩子一样。

“朋友，你挑呀。”上校说。

奥索不肯挑。

“那末请令妹代你挑吧。”

高龙巴不用人家说第二遍，就拣了式样最老实的一支，实际却是芒东厂的精品，口径很大。

“这一支大概火力很好吧。”她说。

她的哥哥慌忙道谢，觉得很不好意思；幸而晚饭已经开出，替他解了围。高龙巴先是不肯就坐，直到看了哥哥的眼色才不再推却；吃东西以前，她照着虔诚的旧教徒规矩先画了个十字，教丽第亚小姐看了满心欢喜，私下想：

“好啊，这才见出古风来了。”

她还暗暗发愿，要在这个代表高斯古风俗的少女身上发见许多有趣的事。奥索显而易见不大放心，生怕妹妹的举动与言语显得村野。但高龙巴时时刻刻留神看着他，一切动作都学着哥哥的样。有时她目不转睛的把他瞧着，有种异样的悲哀的表情；奥索偶尔遇到她的目光，便把眼睛转向别处，仿佛故意要回避妹妹那句默默无声而他心照不宣的问话。当下大家都讲法文，因为上校的意大利文往往辞不达意。高龙巴非但听得懂法文，而且在不得不应对的时候说的几个字，咬音也还准确。

吃过饭，上校注意到他们兄妹之间的拘束，便凭着爽直的脾气问奥索要不要和高龙巴小姐单独谈谈；他可以带着女儿上隔壁屋子。奥索慌忙道谢，说他们尽有时间在比哀德拉纳拉谈天。那是他将来要去住家的村子的名字。

于是上校占了他平日坐惯的沙发；奈维尔小姐换了好几个话题，都没法逗美丽的高龙巴开口，便要求奥索念一首但丁的诗，那是她最喜欢的诗人。奥索选了《地狱篇》中关于法朗昔斯加·达·里弥尼的一段，开始念了，把那些雄壮的三句诗，描写男女共读爱情故事如何危险的篇章，尽量念得抑扬顿挫①。他这么念着的时候，高龙巴把身体凑近桌子，原来低着的头也抬了起来，圆睁大眼，射出一道异乎寻常的火焰；脸一忽儿红，一忽儿白，坐在椅上浑身抽搐。这种意大利民族的素质真是了不起，根本用不着老学究来替她指出诗歌的美。

奥索念完以后，高龙巴问：

“啊！多美！哥哥，这是谁作的？”

奥索对于她的无知觉得很难为情；丽第亚小姐却微微笑着，说作者是一个几百年以前的翡冷翠诗人。

---

① 法朗昔斯加·达·里弥尼为十二世纪时意大利女子，嫁夫奇丑，后与小叔相恋，卒被丈夫双双戮死。但丁于《神曲·地狱篇）中（第五首）述及与法朗昔斯加相遇，法自述生前因与小叔共读朗赛罗（中古世纪的传奇人物）的恋爱故事，遂至钟情。——但丁《神曲》全部均以三句为一韵，故称三句诗。

奥索又道："将来回到了比哀德拉纳拉，我教你念但丁的作品。"

高龙巴嘴里还念着："我的天，那多美啊！"随后把记得的背了三四节，先是轻轻的，后来兴奋了，竟高声朗诵，比她哥哥念的更有表情。

丽第亚小姐听了大为诧异，说道：

"你好像对诗歌非常喜欢。像你这样从来没念过但丁的人初念的心情，真教我羡慕不置。"

奥索接着说："奈维尔小姐，你瞧但丁的诗魔力多大，居然把一个只会背祈祷文的乡姑也感动了！……噢！我错了；高龙巴是内行。很小的时候，她就东涂西抹的写诗，后来父亲写信告诉我，说她是个了不起的挽歌女①，在比哀德拉纳拉村上和方圆七八里内没有人比得上。"

高龙巴带着央求的神气对哥哥瞟了一眼。奈维尔小姐早听人说过高斯的妇女能即席赋诗，渴想领教一下，便再三要求高龙巴略施小技，献献本领。奥索后悔不该想起了妹妹的诗才，便竭力解释。说高斯的巴拉太枯索无味，不值一听；并且念过了但丁的名作再念高斯的诗歌，等于丢本乡的脸；但这些话反而使奈维尔小姐更心痒难熬，非听不可；最后奥索只得和妹妹说：

"那末随便作一个歌吧，别太长。"

高龙巴叹了口气，对桌上的台毯定睛看了一分钟，又向上望了望梁木；然后把手蒙着眼；仿佛那些鸟自己看不见别人了，便以为别人也看不见自己。于是她声音颤危危的唱起来，其实只是一种高声的朗诵：

---

① 挽歌女即上文提过的伏采拉脱里岂。吾国古时亦有专作此业的男子，称为挽歌郎，见唐宋人小说。惟高斯的挽歌女均临时自作挽歌，并非袭唱前人旧曲。

高龙巴

少女与斑鸠

远远的山背后，在那深谷中间——每天只照着一小时的太阳；——有所阴暗的屋子——门口长着野草。——门窗紧闭。——屋顶上没有炊烟。——可是到了中午，太阳照临的时候——一扇窗开了——父母双亡的孤女纺着纱；——一边做活一边唱着——唱着一只凄凉的歌；——却没有别的歌声与她呼应。——有一天，正是春天——邻近的树上停下一支斑鸠——听着少女的歌。——它说：姑娘，世界上伤心的不光是你一个：——一只凶狠的鹞抢走了我的配偶。——斑鸠，你把那强凶霸道的鹞指给我看；——纵使它高高的飞在云端里——我也会把它打落下来。——可是我呀，我这可怜的姑娘，谁能够还我的兄长——还我那个远客他乡的兄长？——姑娘，告诉我，你的兄长在哪里？——我可以用翅膀把你带到他身边。

“好一只有教养的斑鸠！”奥索一边嚷一边拥抱他的妹妹。他嘴里开着玩笑，心中却激动得厉害。

“你的歌可爱极了。”丽第亚小姐说，“请你写在我的纪念册上，我要把它译成英文，配上音乐。”

好心的上校连一个字也没听懂，只顾跟着女儿赞美，然后补上一句：

“小姐，你说的斑鸠不就是我们今天吃的那种红焖鸟吗？”

丽第亚拿了纪念册来，看见作者写诗的款式非常古怪，不由得大为惊异。她不分作单行，而是尽纸的宽度从左至右的写到底；所谓“零星的句子，长短不等，两端各留空白”这种写诗的定义完全应用不上了。高龙巴小姐别出心裁的拼法也有许多可议之处，好几次使丽第亚小姐莞尔而笑，同时却苦了做哥哥的，觉得脸上无光，难受死了。

睡觉的时间到了，两位少女进了卧房。丽第亚小姐一边脱下项链，耳环，手钏，一边注意到她的同伴从袍子底下抽出一条长长的东西，像鲸鱼骨①，但模样完全不同。高龙巴很小心的，同时差不多是偷偷的，把那东西往桌上的面纱底下一塞；然后跪在地下诚心诚意的做了祷告。两分钟以后，她已经上床了。丽第亚小姐一则天生好奇，二则像所有的英国女子一样脱衣服特别费时，便走近桌上假装找一支别针，随手把面纱一掀，发见一把相当长的匕首，银子和螺钿的镶嵌很特别，做工极精巧，在收藏家眼中的确是一件非常值钱的古式武器。

丽第亚笑着问：“小姐们身上带这样一个小小的家伙，可是本地的风俗吗？”

高龙巴叹了口气：“非带不可呀。地方上坏人太多了。”

“难道你真有勇气这样的扎过去吗？”

丽第亚握着匕首，做了一个自上而下的扎过去的姿势，像舞台上杀人的样子。

高龙巴用着又柔婉又悦耳的声音回答：“必要的时候，我当然有勇气，或是为了保卫自己，或是为了保卫朋友……可是不应当这样拿，对方往后一退，你就会伤了自己。”说着她坐在床上，比着手势：“应当这样，往上戳的，据说那才会制人死命。唉！用不着这种武器的人才有福呢！”

---

① 十八九世纪欧洲妇女以鲸鱼骨作撑裙的架子。

她叹了一声，把头倒在枕上，立刻阖上眼睛。那张脸真是再好看也没有了，又庄严又贞洁。当年斐狄阿斯雕他的弥纳华像的时候①，能有这样的模特儿一定会心满意足了。

① 斐狄阿斯为纪元前四世纪时希腊大雕塑家；弥纳华为代表智慧与艺术的女神。

六

我是依照荷拉斯的方法，把故事从半中间讲起的[①]。现在趁美丽的高龙巴跟上校父女一齐睡着了的机会，我要补叙几个不可缺漏的要点，使读者对这件真实的故事了解得更亲切。上文交代过，奥索的父亲台拉·雷皮阿上校是被人谋害的；但高斯的凶杀案，不像法国那样出之于一个苦役监的逃犯，因为偷窃府上的银器而伤了人命，高斯人被暗杀必有仇家；可是结仇的原因往往是说不清的。许多家庭的仇恨只是一种悠久的习惯，最初的原因早已不存在了。

台拉·雷皮阿上校的家庭恨着好几个家庭，特别是巴里岂尼一家。有的说，十六世纪时一个台拉·雷皮阿家的男人勾引了一个巴里岂尼家的女子，因此被女方的家属一刀刺死了。另外有些人说正是相反，被玷污的是台拉·雷皮阿家的姑娘，被杀的是巴里岂尼家的男人。不管怎么样，反正两家之间有过血案。可是与习惯相反，这桩血案竟没有引起别的血案；因为台拉·雷皮阿与巴里岂尼两家同样受到热那亚政府的迫害，壮丁都被放逐在外，家里已经好几代没有刚强的男人了。十八世纪末，一个在拿波里

① 纪元前一世纪时拉丁诗人荷拉斯于所著《诗论》中有一段，称荷马使读者在故事的半中间听起。

当军官的台拉·雷皮阿，在赌场里和一些军人闹起来，人家骂了他，其中有一句说他是高斯的牧羊人；他便掣出剑来，但一个人怎敌得三个人；幸而赌客中间还有一个外乡人，一边嚷着“我也是高斯人”，一边出来拔刀相助，台拉·雷皮阿才没吃亏。那人便是巴里岂尼家的，事先并不与他相识。等到道了姓名籍贯，双方都非常谦恭有礼，指天誓日的结了朋友；在大陆上，高斯人极容易团结，岛上可完全不是这样。这桩故事便是一个例子。台拉·雷皮阿和巴里岂尼寄居在意大利的时期的确是一对知心朋友，但回到高斯，虽然住着同一个村子，却难得见面了；他们死的时候，有人说已有五六年没说过话。他们的儿子，像岛上的说法，还互相取着敬而远之的态度。奥索的父亲琪尔福岂沃当了军人；另外一家的瞿第斯·巴里岂尼是个律师。作了家长以后，为了职业关系各处一方，他们几乎没机会碰面，也没机会听到彼此的消息。

不料有一天，大约在一八〇九年，瞿第斯在巴斯蒂阿城里看到报上载着琪尔福岂沃上尉受勋的新闻，便当着众人说，这不足为奇，因为某某将军做着他家的后台。这句话传到维也纳，到了琪尔福岂沃耳朵里，他便对一个同乡人说，将来他回高斯的时节，瞿第斯一定是个大富翁了，因为他在打输的官司中比在打赢的官司中挣的钱更多。谁也说不上来，这话的意思是指瞿第斯欺骗当事人呢，还是仅仅指出一个极平常的道理，说下风官司对一个吃公事饭的总比上风官司更多油水？不管真意如何，律师把这句讽刺的话听到了，记在心里。一八一二年，他要求当本村村长，事情大有希望，谁知那某某将军写信给州长，推荐琪尔福岂沃太太面上的一个亲戚。州长马上遵从了将军的懿旨；巴里岂尼认定这是琪尔福岂沃捣的鬼。一八一四年，皇帝下台了，将军撑腰的那位村长被指为波拿帕脱党，撤了职，由巴里岂尼接任。百日时期，拿破仑再起，巴里岂尼又被撤职；但那场暴风雨过去以后，他大吹大擂的把村长的印信与户籍簿册重新接收去了。

从那时起，巴里岂尼一帆风顺的走红了。台拉·雷皮阿上校却被迫退伍，隐居在比哀德拉纳拉，不得不暗中和巴里岂尼勾心斗角，应付那些层出不穷的是非：一忽儿他的马窜入了村长的园地，要赔偿损失；一忽儿村长先生以修整教堂的石阶为名，把盖在台拉·雷皮阿家墓上，镌有本家徽号的一块断石板着人抬走了。谁家的羊吃了上校种的东西，羊主人保证可以得到村长的袒护；比哀德拉纳拉的邮政代办所主任原来是个开杂货铺的，园林警卫是个残废老军人，先后都被撤职，换上巴里岂尼的党羽，因为两个前任是台拉·雷皮阿一派。

上校的太太临死，说希望葬在她常去散步的一个小林子里；村长立刻宣布她应当埋在本村公墓上，因为上校并没得到准许另盖一个单独的坟。上校听了大怒，说这个准许状没发下以前，他的太太非葬在她自己选定的地方不可，便教人掘了一个穴道。村长方面也教人在公墓上掘了一个穴道，同时又召集警察，以便维持法律的尊严。下葬那天，两派的人照了面，有一时大家很怕为了争夺台拉·雷皮阿太太的遗体，可能大打出手。亡人方面的亲属带了三四十名全副武装的乡下人，逼着教士出了教堂就走向林子；另一方面，村长和两个儿子，带着手下的党羽和警察等等，到场预备对抗。他才露面，吩咐出殡的行列退回来的时候，马上受到一阵嘘斥和威吓；敌方的人数显然占着优势，意志也非常坚决。看到村长出现，好几支枪的子弹上了膛，据说还有一个牧羊人对他瞄准；但上校把枪撩开了，说道："没有我的命令，谁也不准开火！"村长像巴奴越一样"天然怕挨打"，便不愿交锋，带着人马退走了：于是出殡的行列开始发引，特意挑着最远的路由，打村公所前面经过。走在半路上，有个糊涂虫加进队伍，喊了声："皇帝万岁！"也有两三个人跟着喊了几声；碰巧有条村长家里的牛拦着去路，得意忘形的雷皮阿党人竟想把它杀死；幸而上校出来喝阻了。

不必说，村公所方面动了公事，村长递了一个报告给州长，用极精彩的笔法描写人间的法律与神明的法律如何如何被蹂躏——村长的威严，教士的威严，如何如何受到损害——又说台拉·雷皮阿上校为首率众，图谋不轨，纠集了波拿帕脱的余孽，意欲推翻王室，煽动乡民械斗，种种罪行，实系触犯刑法第八十及九十一各条。

过分夸张的控诉倒反损害了它的效果。上校也写信给州长，给检察长；他太太的一个亲属和岛上的某国会议员有姻亲，另外一个亲戚和王家法院的院长是表兄弟。靠了这些后援，图谋不轨的案子一笔勾销，台拉·雷皮阿太太终于长眠在林子里，只有那个喊口号的糊涂虫被判了半个月监禁。

巴里岂尼律师对这个结果不大满意，便另生枝节，换个方向进攻。他从旧纸堆里发掘出一个文件，和上校争一条小溪的主权，小溪的某一段有个水力磨坊。那场官司拖了很久。一年将尽，法院快判决了，看形势多半是对上校有利的；不料巴里岂尼忽然拿出一封恐吓信呈给检察长，具名的是有名的土匪阿谷斯蒂尼，信上以杀人放火为威吓，要村长撤回诉讼。原来高斯地方，大家都喜欢得到土匪的保护，而土匪为了酬答朋友，也常常干涉民间的私事。村长正想利用这封信，不料又出了件新的事故把案子搅得更复杂了。土匪阿谷斯蒂尼写信给检察长，说有人假造他的笔迹，损害他的名誉，教大家以为他是可以收买的。信末又说："倘若我发见了假冒的人，定当痛加惩罚，以儆效尤。"

由此可见，阿谷斯蒂尼并没写信恐吓村长；但台阿·雷皮阿和巴里岂尼都把写匿名信的事推在对方头上。双方说了许多威吓的话，司法当局也弄不清事情究竟是谁干的。

这期间，琪尔福岂沃上校被暗杀了。据法院调查，事实是这样的：一八××年八月二日，傍晚时分，有个女人叫做玛特兰纳·比哀德利，送麦子到比哀德拉纳拉，一连听见两声枪响，好像是从一条通往村子的低陷的路上发出的，离开她约有一百五十步。她紧跟着瞧见一个男人伛着身子，在葡萄园中的小径上向村子方面奔去。他停了一会，回过头来；可是距离太远，比哀德利女人看不清面貌，并且那人嘴里衔着一张葡萄叶，几乎把整个的脸都遮掉了。他远远的向一个同伴比了个手势，便钻入葡萄藤中不见了。至于那同伴，证人也没看见。

比哀德利女人放下麦子，跑到小路上，发见台拉·雷皮阿上校倒在血泊中，身上中了两枪，但还在那里呼吸。他身旁有支上了膛的长枪，仿佛他正预备抵抗对面的敌人，不料被背后的敌人打中了。他喉咙里呼里呼噜的塞着痰，竭力挣扎着，但一句话都说不上来；据医生事后解释，那是子弹洞穿肺部所致。他气喘得厉害，血慢慢的流着，积在地下像一片红的藓苔。比哀德利女人想把他扶起来，问了好几句话，都没用。她看到他要说话，但没法教人懂得。她又发觉他想伸手到口袋里去，便帮他掏出一个小纸夹，打开来放在他面前。受伤的人拿了纸夹里的铅笔，试着要写字。证人亲眼看他很费力的写了好几个字母，但她不识字，不知道是什么意思。上校写完字，力气没有了，便把小纸夹纳在比哀德利女人手里，还使劲握着她的手，神气挺古怪的望着她，好像说（以下是证人的话）："这是要紧的，这是凶手的姓名！"

比哀德利女人奔进村子，正遇到村长巴里岂尼先生和他的儿子梵桑丹洛。那时天差不多已经黑了。她把看到的事讲了一遍。

村长接过纸夹，赶到村公所去披挂他的绶带①，唤他的书记和警察等等。当下只有玛特兰纳·比哀德利和梵桑丹洛两人在一起，她要求他去救上校，万一他还活着的话；梵桑丹洛回答说，上校和他们是死冤家，他走近去必犯嫌疑。不多时，村长赶去了，发见上校已经断气，便教人抬回尸首，做了笔录。

巴里岂尼先生虽则在当时的情形之下不免心慌意乱，仍旧把上校的纸夹弥封了，又在他职权范围以内尽量缉访凶手，可是毫无结果。预审推事赶到以后，大家打开纸夹，发见一张血迹斑斑的纸上写着几个字，虽是颤危危的手笔，却清清楚楚看得出是阿谷斯蒂尼。推事断定上校的意思，说凶手是阿谷斯蒂尼。可是被法官传讯的高龙巴·台拉·雷皮阿，要求把小纸夹让她察看一下。她翻来覆去看了半天，突然伸出手来指着村长，嚷道："他才是凶手!"接着又说出一番道理，在她当时悲痛欲绝的情形之下，亏她头脑还那么清楚。她说父亲几天以前收到奥索的一封信，看过就烧了，但烧毁以前在小册子上记下奥索的地址，因为他换了防地。现在这地址在小册子上找不到了，高龙巴认为那便是被村长撕掉的，因为她父亲在同一页上写着凶手的名字；村长却另外写上阿谷斯蒂尼的名字。推事检查之下，果然发觉小册子缺了一页，但不久又发见同一纸夹内的别的小册也有缺页；而别的证人都说，上校常常撕下纸夹内的纸，引火点雪茄，所以极可能是他生前不小心，把抄录地址的一页烧掉了。并且大家认为，村长从比哀德利女人手中接下纸夹的时候，天已经黑了，没法看出纸上的字；他拿了纸夹上村公所，中间并没停留；警察队的班长陪着他，看着他点灯，把纸夹纳入一个封套，当场封固：这几点都有人证明。

---

① 法国自村长至市长州长，执行公事时均于身上斜系一带，表示身份级位。

警察队的班长作证完了，高龙巴悲愤交加，扑在他脚下，用着天上地下一切神圣的名字要他起誓，声明他当时连一忽儿都没离开村长。班长迟疑了一下，显然被少女那种激昂的情绪感动了，便供认他曾经到隔壁房间去找一张大纸，还不到一分钟，而他在抽屉内暗中摸索的当口，村长始终和他说着话；他回来也看到染着血污的纸夹仍旧在桌上，在村长进门时丢下的老地方。

巴里岂尼作证的态度极镇静。他说他完全原谅台拉·雷皮阿小姐的感情冲动，很愿意把自己洗刷明白。他提出证明，那天傍晚他都在村子里，出事时他和儿子梵桑丹洛两人一同站在村公所前面；另外一个儿子奥朗杜岂沃，那天发着寒热，躺在床上。他交出家里所有的枪，没有一支是最近开放过的。他又补充说，关于那个纸夹，他当时立刻感觉到它的重要性，便把它封固了交给副村长保存，因为早料到自己与上校不睦，可能被人猜疑。最后他提到阿谷斯蒂尼曾经在外扬言，非把捏造信件的人杀死不可；村长言语之间，似乎暗示那土匪疑心了上校，所以把他杀了。根据土匪的风俗，为了类似的动机向人报复并非没有先例。

台拉·雷皮阿上校死了五天以后，阿谷斯蒂尼碰上一队巡逻兵，力战不敌，被打死了。官方在他身上搜出一封高龙巴的信，说人家指他是杀上校的凶手，请他自己表明一下，是或不是。既然土匪没有复这封信，大家便很笼统的下了结论，认为他没勇气向一个姑娘承认杀了她的父亲。但有些自称为熟悉阿谷斯蒂尼性格的人背地里说：倘若他真杀了上校，一定要在外边自命不凡的说出来的。另外一个叫做勃朗陶拉岂沃的土匪，写信给高龙巴，说他以名誉作担保，他的同伴并没做这件案子；但他唯一的根据只是阿谷斯蒂尼从来没和他说过疑心上校写匿名信。

结果是：巴里岂尼一家太平无事；预审推事还把村长嘉奖了一番，而村长又进一步表示他行为高尚，声明把以前和台拉·雷皮阿上校争讼未决的小溪案子自动放弃了。

依照本地的习惯，高龙巴在父亲的尸首前面，当着许多亲友临时作了一支巴拉太，道出胸中的愤恨，正式指控巴里岂尼一家为杀人犯，等哥哥回来誓必报仇。这支巴拉太不久便唱开去了，那夜水手在丽第亚小姐前面唱的就是这一支。当时奥索在法国北部，知道了父亲的死讯马上请假，没有批准。他先是根据妹子来信，相信巴里岂尼父子是凶手；但过后接到全部卷宗的抄件和预审推事的一封信，他便差不多完全同意是土匪阿谷斯蒂尼犯的案子了。每隔三个月，高龙巴必有一封信来，把她的所谓证据，其实只是她的猜疑，重新说一遍。看了这些控诉，奥索的高斯人的血不由自主的沸腾起来，有时也几乎与妹子抱着同样的成见。然而他每次写家信，总说她的猜疑一点没有切实的根据，不值得置信。他甚至不许她再提此事，可是没用。这样的过了两年，奥索奉令退伍；于是他想回去看看家乡，不是要对他认为无辜的人报复，而是要把妹子出嫁，把家中的一份薄产变卖，倘若它还值点儿钱，可以让他搬到大陆上去住的话。

七

或许是因为妹妹来了，奥索思念家园的情绪转浓了，或许是因为让他的文明朋友看到高龙巴村野的装束与举动，心中不大好过，他第二天就宣布预备离开阿雅佐，回比哀德拉纳拉。但他要求上校答应将来上巴斯蒂阿途中，务必到他小庄上盘桓几天；另一方面他也答应陪他打麋鹿，山鸡，野猪等等。

动身前一天，奥索不再打猎了，提议到海湾上去散步。他搀着丽第亚小姐的手臂，尽可以自由谈话，因为高龙巴留在城里采办杂物，上校又随时走开去打海鸥与海鹅，使路上的人看了好不奇怪，不懂怎么有人肯为了这种飞禽浪费火药。

他们走的是往希腊神庙去的路，欣赏海湾风景最好的所在；但他们都无心观览。

双方静默了半晌，甚至有些发僵了，奥索方始开言道："丽第亚小姐……老实告诉我，你觉得我的妹妹怎么样?"

"我很喜欢她。"丽第亚回答，又笑着补充："我喜欢她还胜过喜欢你呢，因为她是真正的高斯人，不像你这个野人已经太文明了。"

"太文明吗? ……唉，你真不知道呢，我自从踏上高斯以后，觉得不由自主的又变得野蛮起来。种种可怕的念头在胸中骚动，磨得我好苦……所以在我埋入穷乡僻壤之前，需要和你谈谈。”

“先生，你得拿出勇气来；看你妹妹多么隐忍，她正是你的好榜样。”

“啊！你别上她的当。别以为她隐忍。固然她还没和我提过一个字，但她每瞧我一眼，我都明白她对我的愿望。”

“她对你有什么愿望呢？”

“噢！没有什么……不过要我试试令尊的枪打人是否和打野味一样中用。”

“亏你想得出！你竟这样的猜度你的妹妹吗！你明明承认她还什么都没对你说过。这完全是你的不对。”

“要是她心上没有报复的念头，她早就和我谈到父亲了；可是她只字不提。同时被她认为——当然是毫无根据，我知道——被她认为杀人犯的姓名，她也可能跟我提到；可是不，她也只字不提。因为我们高斯人是个很狡猾的民族。我的妹子懂得她还没把我完全抓在手里，所以在我还能溜走的时候，不愿意把我吓坏了。一朝带我到了悬崖边上，等我失掉了理性，她就会把我往万丈深渊推下去的。”

于是他把父亲被害的经过，和证明阿谷斯蒂尼有罪的几个要点，对奈维尔小姐详细说了一遍。

他又道：“可是无论什么话都没法教高龙巴相信。我从她最后一封信里看得很清楚。她发誓要向巴里岂尼一家索命……奈维尔小姐，你看我对你信任到什么程度……要不是野蛮的教育使她抱着一种成见，认为报仇的事不但应当归我当家长的担任，并且与我名誉攸关的话，恐怕巴里岂尼父子早已不在世界上了。”

“台拉·雷皮阿先生，你这种说法真是诬蔑你的妹妹了。”

“绝对不是。你自己不是说过吗？她是高斯人……她跟所有的高斯人一般想法。你可知道昨天我为什么那样不快活吗？”

“不知道，但你近来时常郁郁闷闷的……我们初相识的时期，你快活多呢。”

“昨天我本来挺高兴的，比平时高兴。我看你对我妹妹这么好，这么体谅……不料我和上校坐着小船回来的时候，你知道其中一个船夫跟我说些什么？他用那种多难听的土话说：喝！奥斯·安东，你打的野味着实不少，可是你将来会发觉奥朗杜岂沃·巴里岂尼比你打猎打得更好。”

“这几句话有什么可怕呢？难道你一定要在打猎方面逞能吗？”

“怎么，你听不出这混蛋的意思吗？他明明说我不会有勇气打死奥朗杜岂沃。”

“先生，你真使我害怕了。仿佛你们岛上的空气不但能使人发寒热①，还能教人发疯。幸而我们不久就要动身了。”

“可是动身以前，一定得上比哀德拉纳拉住几天。你已经答应我妹妹了。”

“倘若我们失信了，大概也要受到什么报复吧？”

“你可记得前天令尊大人讲的故事？他说印度人向东印度公司请愿的时候，拿绝食来威吓。”

“你的意思是说，如果我们失信，你就要绝食吗？我看那是不大可能的；只要你一天不吃东西，高龙巴小姐就会端上一盘勃罗岂沃②，又香又脆，使你馋涎欲滴，非开禁不可。”

“奈维尔小姐，你太缺德了，你应当耽待我一些才对。你瞧，我在这儿多孤独，只有你一个人能使我悬崖勒马，不至于像你所说的发疯；你是保卫我的好天使，而现在……”

“现在。”丽第亚小姐用着一本正经的口吻接着说，“为支持

① 地中海沿岸及各岛均有一种流行病，令人发高热，往往致命。

② 勃罗岂沃为高斯名菜，用乳脂加入乳饼烤煮而成。

你这个多么容易动摇的理性，你应当想着你男子的荣誉，军人的荣誉，还有……”她说着掉转身子去摘一朵花，“倘若对你有些作用的话，你可以想到保卫你的好天使在念着你。”

“啊！奈维尔小姐，要是我知道你真的对我有点儿关心……”

“听我说，先生。”奈维尔小姐不由得感动了，“既然你是个孩子，我就把你当作孩子。我小时候，母亲给我一串我渴望多时的漂亮项链，说道：‘你每次戴这项链的时候，别忘了你还没学会法文。’我听了这话，对项链不像以前那末看重了，它使我心上不安；可是我照旧戴它，结果把法文学好了。这儿我有个戒指，是埃及的一种阘虫符①，还是在一座金字塔中拿出来的。这个古怪的字，你看来像一口瓶，它的意义是人的生命。敝国有些人觉得象形文字极有道理。这第二个字像一块盾牌，柄上插着一支矛，意义是战斗，战争。把两字连在一块儿，就成了一句我认为很好的箴言：人生便是战斗。别以为我精通象形文字，能随便翻译；上面的话都是一个老古董的学者告诉我的。我现在把这个阘虫符送给你。将来你要像高斯人那样转到什么凶恶的念头，不妨瞧瞧我这个符咒，发个愿，把那些不祥的冲动压下去。——噢，没想到我说教的本领倒不坏。”

“我一定会想到你，奈维尔小姐，我会对自己说……”

“说你有一个朋友，倘若知道……知道你被吊死了是会伤心的。并且对你那些班长祖宗也是个痛苦的打击。”

说完这几句，她笑着挣脱了奥索的手臂，一路向父亲奔过去，嚷道：

“爸爸，饶了那些可怜的鸟吧，来，跟我们到拿破仑岩洞里做诗去。”

---

① 埃及人及古代地中海民族多佩符篆，上面绘有形似蜣螂的阘虫；本文所提的一种疑系镂刻之品。

八

离别，即使是暂时的，也总有些庄严的气氛。奥索兄妹预定大清早出发，上一天夜里他就和丽第亚小姐告别了，因为不敢希望丽第亚为了他而改变一下懒惰的习惯。两人告别的时候神情都很冷淡，非常严肃。从海边那次谈话以后，丽第亚生怕对奥索太关切了些，奥索方面却对于她的嘲弄，特别是那种轻松的口吻，始终介介于怀。有一个时期，他以为在英国姑娘的态度之间看出了一点儿柔情的端倪；此刻却被她说笑的语气弄得大为失意，觉得自己在她心目中仅仅是个萍水相逢的旅伴。不久就会淡忘的。所以当天早上他和上校一同喝着咖啡，看见丽第亚小姐和高龙巴一前一后的走进来，不禁大为诧异。她五点钟起床了，这一点在一个英国女子，尤其在丽第亚小姐，的确是件极不容易的事，足以使奥索暗中得意的。

他说："我真不安得很，这么早就把你惊动了。一定是我妹妹忘了我的嘱咐，把你闹醒的；你大概要咒我们了吧。或许你正在懊恼我没有早点儿被吊死?"

"说哪里话!"丽第亚小姐声音很轻，并且讲着意大利文，显然是不要父亲听见。"我昨天说了几句无心的笑话，你便跟我怄气了；我可不愿意你对我带着一个恶劣的印象回家。你们高斯人真可怕！再会了；希望我们不久就能见面。”

然后她向他伸出手去。

奥索只叹了口气代替回答。高龙巴走来把他拉到窗洞前面，指着藏在面纱底下的一件东西和他轻轻的讲了一会话。

“小姐。”奥索和丽第亚说，“我妹妹想送你一件古怪的礼物；可是我们高斯人拿不出什么东西……除了时间磨灭不了的感情。我妹妹说你对这匕首很感兴趣。这是家里的一件古董。也许它曾经插在那些班长的腰里——说起班长，我认识你们倒是靠他们介绍的呢。高龙巴把这东西看得很宝贵，特意要求我同意把它送给你，而我也不知道是否应当同意，因为怕你取笑我们。”

“这把匕首真是太好看了。”丽第亚小姐说：“但它是府上的传家之宝，我怎么敢收呢。”

高龙巴抢着声明：“这不是家父的匕首，而是丹沃陶王赐给我母亲的祖父的。小姐要肯收下，我才高兴呢。”

奥索也说：“丽第亚小姐，别小看了一个国王的匕首。”

在收藏家心目中，丹沃陶王的遗物比无论哪个声势煊赫的君主的遗物都更宝贵①。丽第亚小姐觉得这匕首的诱惑力很大，一旦拿到圣·詹姆斯广场的家里，放在一张中国漆桌上的效果，她已经想象到了。

“可是。”她像一个想接受而不敢接受的人一样，迟疑不决的拿着匕首，对高龙巴堆着最可爱的笑容，“可是，亲爱的高龙巴小姐……我怎么能……怎么能，让你在路上没有武器呢？”

“我有哥哥呢。”高龙巴口气很骄傲，“何况还有令尊大人送的那支好枪。——奥索，你装了子弹没有？”

奈维尔小姐便收下匕首。但把出锋的武器送给朋友是禁忌

---

① 丹沃陶（1690—1755）为德国冒险家，被高斯人拥立为王，发动独立战争，卒被意大利人逐出，流亡于伦敦。

的，高龙巴为了袚除不祥，要丽第亚小姐给她一个铜子作为买价。

终于非动身不可了。奥索又握了一次奈维尔小姐的手；高龙巴和她拥抱了，又把红唇凑向上校，上校对这个高斯规矩不由得又惊又喜。丽第亚在客厅的窗子里看着兄妹俩上马。高龙巴眼中闪出的一点狡猾而得意的光，在丽第亚还是第一次见到。这个高大壮健，性情固执的少女，抱着一肚子野蛮人的荣誉观念，非常骄傲的昂着头，嘴唇弯弯的堆着狰狞的笑容，仿佛带着这个武装的青年人踏上阴惨可怖的征途：丽第亚看了不免想起奥索所说的忧惧，觉得他这番被恶煞带去的确是凶多吉少。奥索已经上了马，抬起头来看到了她。或许是猜到了她的意思，或许是表示最后一次的告别，他把系在一根带子上的埃及戒指拿来放在唇边。丽第亚红着脸从窗前走开了，但差不多又马上回到窗口，看着两个高斯人跨着小马，很快的向远山那儿驰去。半小时以后，上校用望远镜指给女儿看，他们正沿着海湾往里边走，她又瞧见奥索频频向阿雅佐方面回头。最后，他们绕过一带原来是沼泽而现在变了美丽的苗圃的地方，不见了。

丽第亚小姐照着镜子，发觉自己脸色发白，便私忖道：

“这年轻人对我作何感想呢？我对他又作何感想呢？我现在为什么要想到这些问题？……他不过是一个萍水相逢的朋友！……我这次到高斯来干什么？……噢！我又不爱他罗……绝对不爱；并且那也是不可能的……看那高龙巴……我怎么能跟一个身带匕首的挽歌女郎做姑嫂？”那时她发觉自己手里拿着丹沃陶王的匕首，便撂在妆台上。“高龙巴在伦敦阿尔玛克斯跳舞①！……天哪！这算是哪一门的时髦人物呢？……妙的是也许她竟会走红

① 阿尔玛克斯为十八世纪时伦敦有名的娱乐场所，常举行盛大的舞会。一七七八年后迁至圣·詹姆斯街，改称勃罗克斯，至今犹存。

……他爱着我，那我看得很清楚……这是个小说中人物，被我把他的冒险生涯打断了……再说，他是否真有意思用高斯方式替父亲报仇呢？……他原来是介乎康拉特①与花花公子之间的人物……现在却被我变成十足地道的花花公子，一个高斯装束的花花公子！……”

她倒在床上想睡觉，可是睡不着；她心中的独白，恕不多赘；但她对自己说了一百多遍，说台拉·雷皮阿对她从来不生什么作用，现在也不，将来也不。

① 拜仑所作的长诗《海盗》，主人翁名康拉特，为一冒险的英雄，竭力于战争中求陶醉。

九

奥索兄妹却往前走着。先是因为马跑得很快，没法交谈；后来坡度陡峭，不得不慢慢儿走，他们便谈起才分别的两个朋友。高龙巴提到奈维尔小姐的美，赞不绝口，尽量夸她金黄的头发与文雅的态度。接着她问，上校排场很大，是否真的很有钱，丽第亚小姐是否独养女儿。

“那倒是一门好亲事。”她说，“她的父亲似乎对你很好……”

看到奥索不回答，她又道：

“从前我们也是大富之家，如今在岛上还很有面子。所有那些大爷①都是混血种了。只有班长出身的家庭才是真正的贵族；你知道，我们的祖先还是岛上最早的一批班长呢。你也知道，我们原来是山那一边出身②，为了内战而搬到这一边来的，我要是你呀，奥索，我一定向上校请婚……（奥索耸了耸肩膀。）我要拿她的陪嫁把法塞太森林和我们山坡下的葡萄园一齐买下来；我要盖一所漂亮的石屋，把古塔升高一层。你该记得，一○○○年

① 所谓大爷是指高斯封建贵族的子孙。大爷与班长两大族均自称为贵族，竞争激烈。

② 所谓山那一边是指东半边。这句话是常用的，但地域随说话的人而定。——高斯自南至北有山脉横亘，故全岛分为东西两大地区。

时，桑皮柯岂沃①在那个塔里杀了多少摩尔人。”

“高龙巴，你疯了。”奥索一边回答一边纵马疾驰。

“奥斯·安东，你是男人，你应该干些什么事，当然比我们妇道人家知道得清楚。可是我很想知道，那英国人对我们这头亲事有什么可反对的。英国有没有班长呀？……”

兄妹俩这样东拉西扯的谈着，一口气赶了相当长的一程路，到离开鲍谷涅诺不远的一个小村上，才投奔一个世交家里去吃饭，过夜。他们受到的招待完全是高斯式的，其情谊之厚唯有亲身经历过的人才能体会。第二天，主人把他们直送到三四里以外，分别的时候对奥索说：

“这些森林，这些绿林②，你看见没有？一个人出了乱子可以在这儿太太平平住上十年，决没有警察或巡逻兵来找人。这些树林一直通到维查伏那森林；你要在鲍加涅诺或鲍加涅诺附近有个朋友的话，生活决无问题。啊，你这支枪可真好，射程一定很远。哎唷，我的圣母！口径这样大！有了这种枪，可不光是打打野猪的了。”

奥索冷冷的回答，说他的枪是英国货，射程很远。然后大家拥抱了，各自回去。

两位行人离开比哀德拉纳拉只差一小段路了，远远的瞧见在一个必经之路的山峡口上，有七八个带着长枪的男人，有的坐在石头上，有的躺在草上，有的站在那里像放哨的模样。他们的马都在近边吃草。高龙巴从高斯人出门必携的大皮囊中掏出望远镜，仔细看了一回，挺高兴的叫道：

---

① 桑皮柯岂沃于一〇〇七年时被民众拥立为高斯的独裁者，击败贵族。

② 高斯人称小树林为 maquis，说一个人进 mquis 就是落草的意思，故将此字译作“绿林”，以便包含此双关意义。

“这是我们的人！比哀鲁岂沃把事情给办妥了。”

“什么人？”奥索问。

“我们的牧人。”她回答，“前天傍晚，我打发比哀鲁岂沃回来，召集这些弟兄接你回家。你进比哀德拉纳拉的时候没有卫队是不行的。同时你得知道，巴里岂尼他们什么事都做得出来。”

“高龙巴。”奥索声音很严厉，“我几次三番要求你，别再提巴里岂尼和你那些没有根据的猜疑。我决不愿意教这批游手好闲的家伙陪我回家，给人笑话，你没通知我就召集他们，我很不高兴。”

“哥哥，你忘了本乡的情形了。你粗心大意，冒着危险，应当由我负责保护你。所以我非这么办不可。”

那时一般牧人看到他们了，一齐跨上马，从山坡上迎头直奔下来。

一个白胡子的老头儿，虽是天气很热，还戴着一个披风，高斯土布的料子比山羊的毛还要厚。他首先嚷道，

“奥斯·安东万岁……！啊，简直跟他父亲一模一样，只是更高大更扎实。你的枪多好！奥斯·安东，人家一定要夸你这支枪呢！”

“奥斯·安东万岁！”所有的牧人都喊起来，“我们早知道他要回来的！”

一个皮肤土红色的大汉说道：“啊！奥斯·安东，倘若你父亲能在这儿接你，他要多么高兴啊！亲爱的好人！要是他肯把瞿第斯的事交给我办，你今天一定还会看到他……那好人当初不听我的话；现在该知道我不错了。”

老头儿接着说：“喝！瞿第斯多等些日子也不吃亏。”

大家又喊了声：“奥斯·安东万岁！”便拿枪朝天放了十几响。

奥索心绪恶劣，被这些骑在马上的牧人包围着；他们争着和他握手，七嘴八舌的同时开口，使他一下子没法教他们听见他的话。临了，他沉着脸，像对队伍里的弟兄们训话和处罚的时候一样，说道：

“朋友们，谢谢你们对我和对我父亲的好意；可是我不要——听见没有？——我不要人家替我出主意。我知道我该怎么办。”

“说得有理，说得有理！”牧人们嚷着，“你知道，什么事都在我们身上。”

“是的，我知道；可是现在我一个人都不需要，我家里也没受到危险。你们替我掉转马头，照管你们的羊去吧。我认得上比哀德拉纳拉的路，用不着向导。”

老头儿说：“不用害怕，奥斯·安东；他们今天决不敢出来。老雄猫回来了，耗子都进洞去了。”

“你才是老雄猫，你这个老白胡子！”奥索回答，“你叫什么名字？”

“怎么，你认不得我了，奥斯·安东？你小时候，我把你驮在那匹会咬人的骡子后面，不知驮了多少回。你不认得包洛·葛利福了吗？我老包的肉体跟灵魂，都是你们台拉·雷皮阿家的。告诉你，只要你的枪一开口，我这管短枪，跟它主人一样老的短枪，不会不出声。相信我这句话吧，奥斯·安东。”

“好吧，好吧；唉，要命！你们快走，别拦着我呀。”

牧人们终于走了，往村子那边飞奔而去；但每逢形势较高的地方，都停下来眺望一番，看看有没有埋伏；并且始终和奥索兄妹离得不远，以便随时救应。包洛·葛利福老头对同伴们说：

“我懂得他的意思！他嘴里不说，可是不会不干的……活脱是他父亲的小照。哼！你敢说你心里没有仇人吗？你这是假装糊涂。好啊！在我眼中，村长的皮还抵不上一个无花果！要不了一个月，那张皮连做个酒囊都没用了。”

台拉·雷皮阿的后人，便是这样的在先锋队引导之下进了村子，回到当班长的祖先们遗下的老庄子上。久已群龙无首的雷皮阿党都集合在一起迎接他，保守中立的村民站在自己门口看奥索走过。巴里岂尼党却躲在屋里，从护窗的缝里张望。

高斯的乡村都很简陋，直要到特·玛尔伯甫建造的加越市，才能看到一条真正的街①；比哀德拉纳拉村当然和旁的地方一样，构造极不规则。屋子的分布都散散漫漫，根本没有行列，坐落在一块小小的高原顶上，这高原其实只是半山腰的一方平地。村子中央有一株苍翠的大橡树，树后有一个花冈石砌的水槽，由一根木管把邻近的山泉引到这里。这个公用事业的建筑是台拉·雷皮阿与巴里岂尼两家合资捐造的，但若认为是两家素来和好的标识，那就错了。相反，这是他们互相嫉妒的成绩。当初台拉·雷皮阿上校捐了一笔小款子给乡村委员会，作为建造公共水池之用，巴里岂尼律师便赶紧拿出一笔相仿的数目。由于两家的比赛慷慨，比哀德拉纳拉的人才有了水的供应。橡树与水池周围有块空地，大家叫它做广场，傍晚总有些闲人麇集。有时人们在此玩牌；而一年一度，在狂欢节中间，也有人在此跳舞。广场两头，矗立着两座狭而高的，花冈石与叶形石的建筑物。那便是台拉·雷皮阿和巴里岂尼家的两座敌对的塔。两塔的形式，高度，完全一样，足见两家势均力敌，始终不分高低。

在此我们应当解释一下，所谓塔究竟是什么东西。那是一种方形的建筑，高约四丈，在别的地方只能叫做鸽棚。门很窄，离地有八尺高，进门先得走上一架很陡的梯子。门高头有一扇窗，

---

① 特·玛尔伯甫为十八世纪时法国将军，曾在高斯作战甚久，任岛上军事总督。

窗高头有个阳台似的建筑突出在外边，阳台底上挖着洞，倘有不速之客上门，屋内的人可以很安全的躲在阳台上攻击。窗与门之间，墙上很粗糙的刻着两个盾徽。一个原来刻着十字，今已剥落殆尽，只有研究古物的人才能辨认。另一块刻着本家氏族的徽号。盾徽与窗洞上有几处弹痕，也算是屋外装饰的一部分。这样，读者对于中世纪的高斯人住宅可以说有个概念了。我还忘了一点，就是住屋与塔是相连的，内部也多半有甬道可通。

台拉·雷皮阿家的塔坐落在广场北边；巴里岂尼家的坐落在南边。自北塔至水池是台拉·雷皮阿家的散步区域，对面是巴里岂尼家的散步区域。这种分划仿佛是彼此默契的。自从上校的太太下葬以后，两家之中从来没有一个人到过对方境内。为了免得绕路，奥索预备一径走过村长家门口，但妹子劝他抄一条小巷子，不用穿过广场就能到家。

“干么要费这个事呢?”奥索说，“广场不是公共地方吗?”说着他径自催马过去了。

“真有血性!”高龙巴轻轻的自言自语，“……父亲，你的仇一定报成了!”

到了广场上，高龙巴走在巴里岂尼家和她哥哥之间，眼睛盯着敌人家的窗子，发觉它们新装了栅栏和箭垛子。所谓栅栏是把窗的下部用粗木头钉死，所谓箭垛子是粗木头中间的一些很小的空隙。防外人攻打的时候，大家往往筑起这一类的防御物躲在后面射击。

“那些胆怯鬼!”高龙巴说，“哥哥，你瞧他们已经开始防卫，装起栅栏来了！他们难道永远躲着不成!”

奥索在广场南部走过，使比哀德拉纳拉村上的人大为震动，认为非常放肆，近乎轻举妄动。那对于夜晚在橡树四周聊天的中立分子，尤其是讨论不完的题目。

有人说："幸亏巴里岂尼家的几个小辈没回来；他们可不像律师那末好说话，看着敌人经过他们的地面，未必肯轻易放过吧。"

村中另外有个未卜先知的老人说："乡邻，你不妨记着我的话。今天我细细瞧过高龙巴的脸，看出她已经拿定了主意。空中很有点儿火药气。要不了几天，比哀德拉纳拉的鲜肉就要跌价了。"

一〇

奥索年纪轻轻就离开了父亲，不大有机会跟他相熟。他十五岁时从比哀德拉纳拉到比士去念书，又从比士到法国去进军校；那期间他父亲正随着帝国的鹰旗在欧洲南征北讨。奥索在大陆上难得和他相见，直到一八一五年，他才调在父亲指挥的联队中，但上校执法如山，把自己的儿子和别的青年排长一律看待，就是说十分严厉。奥索关于父亲的回忆只有两种。他先记得父亲在家乡的时候把佩刀交给他收拾，打猎回来拿猎枪教他卸下子弹，还有他童年第一次上桌子和大人一块儿吃饭的情景。其次他回想到台拉·雷皮阿上校对他的处罚，始终只叫他台拉·雷皮阿中尉。

"台拉·雷皮阿中尉，你作战的时候擅离岗位，拘禁三天。——你的射击兵离开后备队伍太远，差了五公尺，拘禁五天。——十二点五分你还戴着便帽，拘禁八天。"

只有一次在加德勃拉[①]，上校和他说：

"你表现很好，奥索，可是得小心一点。"

但这最后一些回忆不是在比哀德拉纳拉所能想起的。一看到童年时代熟悉的地方，母亲动用过的家具——他是很喜欢母亲的

---

① 加德勃拉为比国境内的一个小村，一八一五年六月十六日，滑铁卢会战前两天，法军先与英军在此恶战。

——他心中不由得涌起一阵又甜蜜又辛酸的情绪，同时他觉得自己的前途非常暗淡。妹子的举动神色又使他模模糊糊的感到不安；尤其是丽第亚小姐要到他家里来，而这所屋子如今在他眼中显得多么湫隘，多么寒伧，万万配不上一个享用奢华的人物，也许要被她耻笑吧……这些念头在他脑子里搅做一团，使他心灰意懒，丧气之极。

吃晚饭的时候，他坐着黑沉沉的橡木大靠椅，那是当年父亲坐的主位；看到高龙巴怯生生的陪他坐下，他不由得微微一笑。他很感激她在饭桌上保持静默，吃过饭又马上告退，因为他觉得自己感情太激动了，要是她拿事先准备好的一套话来进攻，他决计抵抗不了；但高龙巴陪着小心，想给他充分的时间定定神。奥索双手支着头，一动不动的呆坐着，把最近半个月的经过一幕一幕的想了一遍。周围的形势，仿佛大家都等他对巴里岂尼家有所行动，使奥索看了骇然。他发觉比哀德拉纳拉的舆论已经对他发生影响，似乎就是社会的公论了。他必需替父亲报仇，否则就要不齿于人。可是向谁报仇呢？他不能相信巴里岂尼父子是杀人犯。他们固然是仇人，但你一定要像同乡人一样抱着那种荒谬的成见，才能把他们指为凶手。有时他瞧着奈维尔小姐的戒指，嘴里念着那句箴言："人生是战斗！"终于他坚决的说了声："我一定会战胜的！"下了这个决心，他站起身子，端着灯预备上楼了，忽然听到敲门的声音。时间已经不是招待客人的时候：高龙巴立刻跑出来，后面跟着家里的老妈子。

她一边奔向大门一边和他说："放心，没什么事的。"

但未开之前，她先问敲门的是谁。一个温柔的声音回答：

"是我啊。"

大门上的横闩给卸下了，高龙巴带着一个十来岁的女孩子走进饭厅；孩子光着脚，衣衫褴褛，头上包着一条破手帕，露出几绺长头发，像乌鸦的羽毛一般黑。她很瘦，脸上没有血色，皮肤被太阳晒焦了，但目光炯炯，神气挺聪明。见了奥索，她怯生生的停下来，深深行了个礼；然后和高龙巴低声说话，把一只新打的山鸡交在她手里。

“谢谢你，契里。”高龙巴说，“谢谢你的叔叔。他好吗？”

“他很好，小姐。他向您请安。我没有能早点儿来。因为他今天在外边待得很晚。我在绿林中等了他三个钟点。”

“那末你没吃晚饭吗？”

“没有，小姐，我没时间啊。”

“就在这儿吃了罢。你叔叔面包还有吗？”

“不多了，小姐；但他缺少的是火药。现在栗子熟了，他只需要火药了。”

“等会我给你一块面包，一些火药。告诉他火药省着用，贵得很哪。”

“高龙巴。”奥索用法文①和她说，“你这是布施给谁的？”

“给一个本村的可怜的土匪。”高龙巴也用法文回答，“这孩子是他的侄女。”

“我看你要布施也得挑选对象。干么拿火药给一个坏蛋，让他去作恶呢？要不是大家对土匪这样软心，高斯的土匪早已绝迹了。”

“地方上最坏的坏蛋并不是那些在田里的人②。”

“你要给就给点儿面包，那是对谁都不应当拒绝的。可是我不愿意供给他们弹药。”

“哥哥。”高龙巴语气很严肃，“你是一家之主，屋子里所有

---

① 普通的高斯人只讲一种意大利土话，不懂法文的。

② “在田里”就是当土匪。土匪在高斯不是一个坏名词，近于亡命的政治犯。

的东西都是你的；可是告诉你，我宁可把我的面纱给这个女孩子去卖，却不能不拿火药给一个土匪。不给他火药等于把他交给警察！除了子弹，他还有什么办法抵抗他们？”

女孩子一边狼吞虎咽的吃着面包，一边聚精会神的看看这个，看看那个，竭力想从他们的眼里揣摩他们说些什么。

“你那土匪究竟干了些什么？犯了什么罪逃到绿林中去的？”

“勃朗陶拉岂沃根本没犯什么罪。”高龙巴嚷道，“他在部队里的时候，乔凡·奥比索谋杀了他的父亲，他回来把奥比索杀了。”

奥索掉过头去，端着灯，一言不答，上楼进自己卧房去了。高龙巴把火药和粮食给了孩子，送到门口又嘱咐了一遍：

“请你叔叔对奥索多照应着点。”

一一

奥索在床上直过了好久才睡着，第二天醒得很迟，至少在高斯人看来是很迟了。一起来，第一样引起他注意的是敌人们的屋子和他们才做好的箭垛子。他下楼问妹子在哪儿。

老妈子萨佛里亚回答说：“她在熔子弹的灶屋里。”

可见他每走一步都有厮杀的形象盯着他。

他看见高龙巴坐在一条木凳上，四周摆着新铸的子弹，她正在修光铅珠的边缘。

“你在这儿干什么鬼事啊？”

“哥哥，上校送了你一支枪，你还没有合适的子弹。”她用她甜蜜的声音回答：“我找到了一个模子，今天你就可以有二十四颗子弹了。”

“谢谢上帝！我根本用不着。”

“奥斯·安东，总得有个准备才好。你把你的本乡和周围的人都忘了。”

“我才忘了，你就赶紧把我提醒了。喂，是不是几天以前有口大箱子送到？”

“是的，哥哥。要不要我搬到你屋子里去？”

“怎么你搬？我看你连把它挪动一下的力气都没有……这儿没有什么男人可以帮着搬吗？”

“我才不像你所想的那末娇呢。”高龙巴一边回答，一边卷起衣袖，露出一条雪白滚圆的手臂，模样儿长得挺好，但一望而知气力不小。她吩咐女仆：“来，萨佛里亚，帮我一下。”

她已经把沉重的箱子提起来了，奥索急忙上前帮她。

“亲爱的高龙巴，这箱子里有点儿东西是给你的。原谅我只能送你这样寒伧的礼，一个退伍的中尉，荷包总不是那么充实的。”

他说话之间打开箱子，取出几件衣衫，一条披肩，和别的一些少女用的东西。

“哎唷！这么多漂亮东西啊！”高龙巴嚷道，“我得赶快藏起去，免得弄坏了。”她惨笑了一下，又道：“我要留着等结婚的时候用，因为现在我还戴着孝。”她说着亲了亲哥哥的手。

“妹妹，戴孝戴得这么久。未免是做作了。”

高龙巴语气很坚决：“我发过誓的。要我除服……”

她从窗子里瞅着巴里岂尼家的屋子。

“直要到你出阁的时候！”奥索有心补上这句，想把高龙巴的下文扯开去。

高龙巴却往下说道：“我要嫁的男人，先得做到三件事……”

她面目狰狞，始终瞅着敌人的屋子。

“高龙巴，像你这样的美人儿至今还没出嫁，我才觉得奇怪呢。喂，告诉我，谁在追求你啊？向你求爱的情歌，我将来一定有得听呢。你是大名鼎鼎的挽歌女，要能讨你喜欢，情歌非作得特别精彩不可。”

“唉！谁会娶一个可怜的孤儿呢？……并且能使我脱下孝服的男人势必教那边的女人穿上孝服。”

奥索心里想：“这简直变了一种狂病了。”但他一言不答，免得引起争论。

“哥哥。”高龙巴装着撒娇的声音，“我也有些东西送你呢。你的衣服在这儿是太讲究了。穿了这漂亮外衣到绿林中去，要不了两天就会撕得稀烂。你得脱下来，等奈维尔小姐来的时候再穿。”

她打开衣柜，取出一套打猎的服装。

“我替你做了一件丝绒上衣，还有一个便帽，也是这里的漂亮哥儿们戴的；我替你绣了花。可愿意试试吗？”

于是她替他披上一件宽大的绿丝绒上装，背后有口极大的袋；又戴上一个尖顶黑丝绒帽，钉着黑玉，绣着黑花，尖端有簇羽毛似的装饰。

“这儿是父亲的弹药带；他的匕首已经放在你上衣袋里。让我再把手枪拿给你。”

奥索从萨佛里亚手中接过一面小镜子照了照，说道：“我这神气倒像滑稽剧场里的强盗了。”

老妈子却接着说：“你这模样儿挺好呀，奥斯·安东。鲍谷涅诺和巴斯德里加最漂亮的尖帽子哥儿，也未必能胜过你呢！”

奥索穿着新装吃早饭，同时告诉妹子，说他箱子里带着一些书，还想从法国和意大利去捎些来，教她好好的用功。

“因为，高龙巴，大陆上的小孩子一离开奶妈就知道了的事，你这么大的姑娘还没知道是难为情的。”

“哥哥，你说得不错；我知道自己欠缺很多，巴不得求点儿学问，尤其是你肯教我的话。”

几天过去了，高龙巴没有再提巴里岂尼的名字。她老是嘘寒问暖，把哥哥招呼得十分体贴，常常和他谈起奈维尔小姐。奥索教她念些法文与意大利文的书，她一方面发表一些很准确的见解，一方面连最普通的事倒反一无所知；这两点都使奥索诧异不置。

一天早上，吃过早饭，高龙巴走开了一会儿，回来并没挟着书和纸，却头上包着面纱，神气比往日更严肃了。她说：

“哥哥，请你陪我一块儿出去。”

“你要我陪到哪儿去呢？”奥索把手臂凑上去预备搀着她走。

“哥哥，我不要你搀扶；可是得带着你的枪和弹匣。男人出门不带枪是不行的。”

“好吧，既然是风俗如此。咱们上哪儿去啊？”

高龙巴一言不答，把面纱紧了紧，唤着看家的狗，带着哥哥出门了。她迈着大步走出村子，穿入葡萄藤中一条弯曲很多的低陷的路，对狗做了一个手势，教它跑在前面；它似乎完全明白她的意思，立刻忽左忽右的奔着，钻入两旁的葡萄藤，老是和女主人相隔四五十步，有时停在路中间，摇着尾巴望着她。它把搜索敌人的斥堠工作做得很到家。

高龙巴说：“哥哥，倘若缪契多叫起来，你就得装上子弹，站着不动。”

走出村子一二里，拐弯抹角的绕了好多路，高龙巴忽然在一个大转弯的地方停下了。那里有个金字塔形的小墩，堆满着树枝，有的还是青的，有的已经枯了，大概有三尺高；顶上露出一个黑十字架的尖端。高斯好几个州郡，尤其是山中，有个古老的风俗或许和异教徒的迷信有关：就是你路上遇到有人死于非命的地方，就得往那儿丢一块石子或一根树枝。只要那亡人的悲惨的结局在人们的记忆中存在一天，这礼节就得继续一天，年复一年，终于成了一个土堆，大家管它叫做某某人的墩。

高龙巴在这堆树枝前面站定，随手攀了一根小桠枝丢在墩上。

“奥索，这便是父亲丧命的地方。咱们为他的灵魂做个祈祷罢！”

她说着，跪下了。奥索也立刻跪下了。那时村子里正缓缓的响起一阵钟声，因为上一天夜里有个人死了。奥索不由得眼泪簌落落的直掉下来。

过了几分钟，高龙巴站起身子，眼睛是干的，但脸色很紧张。她很快的用大拇指画了一个十字；高斯人常常这样一边画十字一边在心中默祷，发一个庄严的愿。然后她拉着哥哥向村子走回去。两人一声不出，到了家里。奥索一径走进自己的房间。不久，高龙巴也进来了，捧着一口小箱子放在桌上。她揭开盖子，取出一件血迹斑斑的衬衣。

“奥索，这是父亲的衬衣。”

说完她把它扔在他膝上。

“这是送他性命的子弹。”

她又把两颗生锈的子弹放在衬衣上。

然后她扑在奥索怀里，狠命的把他抱着，叫道：“奥索，我的哥哥！奥索！你一定得替他报仇！”

她发疯般的搂着他，吻着子弹，吻着衬衣；随后她走出房间，让哥哥坐在椅子里呆若木鸡。

奥索一动不动的愣了好一会，不敢把这些可怕的遗物撩开。后来他挣扎了一下，拿它们放进小箱，自己跑到房间的另一头，扑在床上，把脸朝着墙壁埋在枕头中间，好像有幽灵出现而特意躲着似的。妹子的最后几句话一刻不停的在他耳中响着，仿佛是一个命定的，无可逃避的神示，要他杀人，杀一些无辜的人作血祭。可怜的青年头脑像疯子一般搅成一片的感觉，我也不能备述。他这样的躺了老半天，连头也不敢掉过来。最后他站起来，关上箱子，急急忙忙冲出屋子，直奔田野，不知道上哪儿。

野外的空气渐渐使他松动了；他精神变得安定；把自己的处境和解决的办法冷静的考虑了一番。我们已经知道，他绝对不猜疑巴里岂尼是凶手；但他认为他们不应该捏造土匪阿谷斯蒂尼的信，而那封信，至少在他眼里，便是他父亲送命的原因。告他们伪造文书罪吧，明明不可能。有时，或是成见，或是高斯人的本能，在他胸中觉醒了，使他看到路上随便哪个拐弯的地方就能轻而易举的报了仇，但他又想到军队里的同僚，巴黎的沙龙，尤其是奈维尔小姐，便不胜厌恶的把那些念头丢开。接着他又想到妹子的责备；而他身上所留存的那点高斯气息也承认妹子的责备是对的，于是他心中难解难分，愈加悲痛了。在这场良心与偏见的斗争中，唯一的希望是和律师的儿子借端寻衅，跟他决斗。在那种情形之下，用剑或是枪结果了对方的性命，才能把他高斯人的观念与法国人的观念调和。决定了这个策略而盘算怎样下手的时候，他已经觉得如释重负；再加一些别的更愉快的念头，他狂乱的心绪终于平静了。西塞罗丧失了爱女多丽亚以后，因为竭力想着用如何美丽的文章追悼她，居然把自己的悲痛忘了。兴第先生死了儿子，也用同样的办法安慰自己①。现在奥索也可以对奈维尔小姐描写自己的心境，而且必定能引起这美人儿强烈的兴趣；想到这一点，他更像服了一帖清凉剂，变得心平气和了。

他不知不觉走了许多路，已经和村子离得很远；这时他正走回去，忽然听见绿林旁边的一条小路上有个小女孩子唱歌的声音，大概她以为四下无人，自个儿哼着玩的。那是唱挽歌用的又慢又单调的音乐，孩子唱的是："为我的儿子，为我远客他乡的儿子——留下我的勋章，留下我的血衣……"

"孩子，你唱什么东西？"奥索突然站在她面前，怒气冲冲的问。

"啊，是您，奥斯·安东！"孩子嚷着，有些害怕了，"……

---

① 西塞罗为纪元前二世纪至一世纪时拉丁文豪及大演说家。兴第先生为英国十八世纪洛朗斯·斯丹恩所作《德利斯丹·兴第言行录》中的人物。

我唱的是高龙巴小姐作的一支歌。”

“不准唱这个歌。”奥索声色俱厉的喝了一声。

孩子东张张，西望望，似乎正在打量向哪儿溜；她脚跟前的草地上放着一个大包，要不是为了保护那个东西，也许早已逃掉了。

奥索发过了脾气，暗暗惭愧起来。

“孩子，你带的这个包是什么呀？”他尽量装出温柔的声音。

契里娜迟疑不答，他揭开包袱，原来是一块面包和一些别的食物。

“小乖乖，这面包是给谁的？”他问。

“您不是知道的吗，先生？给我叔叔的。”

“你的叔叔不是当土匪的吗？”

“噢，但凭你老人家差遣。”

“倘若警察碰到你，问你上哪儿去，你……”

孩子毫不迟疑的回答：“那我告诉他们，说是替砍伐绿林的吕葛人送粮。”

“倘若有个猎户饿慌了，想抢你的东西吃。又怎办呢？”

“他不敢的。我就说那是给我叔叔的。”

“不错，他决不让人家抢掉他的口粮……他很喜欢你吗，你的叔叔？”

“噢！是的，奥斯·安东。自从爸爸死了，我们一家都是他照顾的，我的母亲，我，还有我的妹妹。妈妈没害病的时候，他跟富户人家讨了个情，给她做些活儿。村长每年给我一件衣衫，本堂神甫教我识字，念《教理问答》，因为叔叔都拜托过他们。但您的妹妹对我们特别好。”

那时小路上出现了一条狗。女孩子把两只手指含在嘴里打了一声唿哨：那狗立刻奔到她身边跟她亲热了一会，随后又突然钻进绿林。隔不多时，树背后又钻出两个人来，衣服很破烂，可是浑身上下都有武装配备，仿佛他们是在番石榴与野蔷薇堆中像蛇一般爬过来的。

“啊！奥斯·安东，欢迎欢迎！”两个土匪中年龄较长的一个招呼奥索，“怎么，你认不得我了吗？”

“认不得。”奥索把眼睛直盯着他。

“真怪！一把胡子，一顶尖帽子，就把你换了一个人！喂，排长，再仔细瞧瞧罢。难道你把滑铁卢的老伙计都忘了？记不得勃朗陶·萨伐利了吗？他在那倒楣的一天在你身边咬了多少弹壳①！”

“怎么！是你？”奥索说，“你不是在一八一六年上开了小差吗？”

“一点不错，排长。当兵的玩艺儿教人起腻；再说，我在本地有笔账要算。啊！啊！契里，你真是个好孩子。快快拿东西来吃。我们饿死了。报告排长，你真想不到我们在绿林中胃口多好——孩子，这是谁给的，高龙巴小姐还是村长？”

“都不是的，叔叔，那是磨坊女人送您的，另外还送了一条毯子给妈妈。”

“她有什么事要求我呢？”

“她说她雇的垦荒的吕葛人，现在要她三十五铜子一天的工钱，还得供给栗子；因为比哀德拉纳拉往下那一带，有热病流行。”

“那批懒骨头！……让我看着办吧。——排长，别客气，一起来吃饭好不好？老乡当权的时代，咱们一块儿吃过的饭比这个更要不得呢。可怜那老乡被淘汰了。”

---

① 旧式枪上的子弹在上膛前须先扯去封铅，作战时往往用牙齿咬去。

“你们请。——我，我也被淘汰了。”

“是的，我听人说过；可是我敢打赌，你不见得因此生气吧。你也有你的账要算。——喂，神甫。”土匪招呼他的同伴，“请啊。——奥索先生，这一位是神甫，就是说没有神甫的实缺，可有神甫的学问。”

那同伴接着说：“噢！先生，我不过是个研究神学的穷学生，但人家不允许我实现志愿。要不然，勃朗陶拉岂沃，谁敢说我有朝一日当不了教皇？”

“为什么教会没有能得到你光明的指引呢？”奥索问。

“为了一点儿小事，为了算一笔账，像我的朋友勃朗陶拉岂沃说的；我在比士大学啃着书本，妹妹却在家里干些风流事儿。我只得回来把她嫁掉。不料那未婚夫太性急了些，我到家前两天，他害热病死了，我就找他的哥哥说话；你要是我，大概也会这么办吧。但他已经结了婚，那末怎办呢？”

“的确，这局面倒是僵了。你怎办呢？”

“遇到这种情形，就得请教枪机上的引火石了。”

“就是说……”

“我把一颗子弹送进了他的脑袋。”那土匪冷冷的回答。

奥索做了一个不胜厌恶的动作。可是为了好奇，或许也为了要迟一些回家，他仍留在那里和两个土匪谈天，他们各人都至少有一桩命案在身上。

勃朗陶拉岂沃趁同伴和奥索说话的时间，把面包和肉放在前面，自己先吃了，又喂他的狗；他告诉奥索，说那条狗叫做勃罗斯谷，有个了不起的本领，不管巡逻兵怎样化妆它都能认出来。末了他又割一块面包一片生火腿给侄女。

神学生吞了几口东西，说道：“土匪的生活真有意思！台拉·雷皮阿先生，或许有朝一日你也会尝试一下，那时你发觉一个人能随心所欲，一点不受拘束，才乐呢！"

至此为止，那土匪讲的是意大利文，然后又用法文接着说：

"高斯对年轻人不是怎么有趣的地方；对土匪可不大相同！娘儿们简直为我们疯魔了。你看，凭我这模样，在三个郡里就有三个情妇，到哪儿都像到了自己家里。其中一个还是警察的老婆呢。"

"先生，你懂的文字可真不少。"奥索口气很严肃。

"我讲法文，是因为赤子之心，不可毁伤①。我跟勃朗陶拉岂沃商量好了，要教这个小丫头将来做个规规矩矩的人。"

契里娜的叔叔接着说："等她满了十五岁，我就把她嫁个好好的丈夫。我心目中连对象都有了。"

"将来由你去向人提亲吗？"奥索问。

"当然。要是我对一个乡下财主开口：——我勃朗陶拉岂沃，我很高兴看到你的儿子和米契里娜·萨伐利结婚；——你想他会推三阻四吗？"

"我才不这么劝他呢。"另外一个土匪说，"我这伙计下起手来可不轻。"

勃朗陶拉岂沃又道："倘若我是个流氓，是个小人，是个骗子，那只要张开褡裢，洋钱就会像潮水般的滚进来。"

"难道你褡裢内有什么东西吸引它吗？"奥索问。

"没有；但我只要像有些人那样写个字条给一个财主，说：我需要一百法郎；他要不赶紧给我送来才怪。但我是个规矩人，报告排长。"

那个叫做神甫的土匪说："台拉·雷皮阿先生，你想得到吗，在这个民风淳厚的地方，居然也有些坏蛋利用我们的护照。"他

---

① 此处原文系拉丁文，系拉丁文讽刺诗人于凡那（纪元42—125）有名的诗句。

指了指他的枪，“假造我们的签名去弄约期票？”

“我知道。”奥索急急抢着说，“可是什么约期票呢？”

“六个月以前，我在奥莱查村子附近溜达，一个臭乡下人朝我走过来，远远的脱下帽子，对我说：‘啊，神甫（大家都这么叫我的），对不起，请你宽限一些日子；我只张罗了五十五法郎；一点不假，我只弄到这个数目。’——我听了好生奇怪，问他：‘混账东西，你说什么？五十五法郎？’——他回答：‘我是说六十五；你要一百，我真办不到。’——‘怎么，你这坏蛋，我问你要一百法郎？我又不认识你。’——于是他给我看一封信，一张脏得要命的纸，上面写着要他把一百法郎放在某某地方，否则琪奥耿多·加斯德里高尼（这是我的姓名）就要放火烧他的屋子，杀他的母牛。写信的人还胆敢假冒我的签名。最可气的是满纸土话，别字连篇……喝！我写别字！我在大学里得了多少奖的人写别字！我先赏了那乡下人一个嘴巴，打得他骨碌碌的转了两个小圈子，然后大喝一声：‘啊，你这流氓，竟把我当作强盗！’说着我又在他屁股上踢了一脚。这样，我的气平了一些，问他：‘什么时候你送钱去？’——‘便是今天。’——‘好，你送去吧。’信上写的很清楚，要把钱放在一株松树底下。他便拿着钱，埋好了，回来找我。我埋伏在近边，跟乡下人两个不折不扣等了六个钟点。告诉你，台拉·雷皮阿先生，休说六个钟点，便是三天我也等。六个钟点以后，来了一个巴斯蒂阿人，一个放印子钱的坏东西。他伛下身子去拿钱，我就砰的一枪，瞄得那么准，把他打得脑浆迸裂，正倒在他从土里挖出来的钱上，我和乡下人说：‘该死东西！你去把钱收起来吧，别再疑心琪奥耿多·加斯德里高尼会作这种下流事儿。’可怜的家伙浑身打着哆嗦，捡了他的六十五法郎，连血迹也没顾得抹一下。他向我道谢，我又送了他一脚，吓得他没命的跑了。”

“啊！神甫。”勃朗陶拉岂沃说，“你那一枪真教我听得心里痒痒的，当时你一定乐死了吧？”

“我打中了巴斯蒂阿人的太阳穴，不由得想起维琪尔的两句诗：

熔化的铅珠把他的脑门一分为二，

教他直挺挺的躺下，占了好大的地方①。”

“熔化的铅珠！奥索先生，你认为子弹穿越空间的速度真能使它熔化吗？你研究过射击学②，请你告诉我，维琪尔这一说是对的还是不对的？”

奥索宁可讨论这个物理学问题，不愿意讨论那位学士③的行为是否合乎道德。勃朗陶拉岂沃对于这种科学研究不感兴趣，便打断了他们的话，说太阳快下山了。

“奥斯·安东，既然你不愿意和我们一起吃饭，我劝你别让高龙巴小姐等久了。太阳下了山，路上也不大好走。你干么不带枪呢？这儿附近很有些歹人出没，得小心点儿。今天不用怕；巴里岂尼父子在路上遇到州长，把他接到家里去了；他要在比哀德拉纳拉过夜，明天上高德去行奠基礼……老是那些无聊事儿！今晚上州长宿在巴里岂尼家；明天他们就空闲了。梵桑丹洛那小子不是东西，奥朗杜岂沃也不比他更好……你得想个办法对付，今天找这个，明天找那个；记着我的话，处处防着一点！”

“谢谢你；可是我们之间并无纠葛；除非他们来寻事，我没什么事找他们。”

土匪不回答他的话，只带着俏皮的神气把舌头伸在半边，往

---

① 原文系拉丁文，见拉丁诗人维琪尔（纪元前一世纪）有名的史诗Aeneid第九篇。

② 奥索系军校出身，射击学为军校必修科目。

③ 上文提过土匪琪奥耿多·加斯德里高尼曾于比士大学研究神学。

腮帮上一甩，笃的一声响了一下。奥索站起身子预备走了。

勃朗陶拉岂沃又道，“啊！我忘了谢谢你的火药；来得正是时候了。现在我应有尽有……只少一双鞋子……过几天我可以用野羊皮做一双。”

奥索拿两枚五法郎的钱塞在土匪手里：

“火药是高龙巴给你的；这个你拿去买双鞋吧。”

“排长，别胡闹。”勃朗陶拉岂沃嚷着，把钱还了他，“难道你把我当作要饭的吗？面包和火药，我可以要，别的一律不收。”

“我想多年的弟兄彼此总能帮点儿忙吧。也好，既然如此，我不勉强了。再见！”

分手以前，他把钱偷偷的塞入土匪的褡裢。

神学家也和他告别了：“再见，奥斯·安东。也许过几天咱们还能在绿林中见面，那时再来研究咱们的维琪尔。”

奥索别过了两位正直的同伴，已经走了一刻钟，忽然听见背后有人飞奔着追上来：原来是勃朗陶拉岂沃。

他上气不接下气的叫道：“排长，你这玩笑开得不像话了，太不像话了！这十法郎请你拿回去。换了别人，我真不答应这种玩艺儿呢。多多拜上高龙巴小姐。啊，你教我气都透不过来了。再见了。”

一二

奥索发见高龙巴因为他在外面耽久了，有点儿焦急；但一看到他，又恢复了平时的表情：又安静，又忧郁。吃晚饭的时候，两人只谈些不相干的闲话；奥索看到妹妹神色镇静，便大着胆子告诉她遇见两个土匪的事；提到勃朗陶拉岂沃和他那位体面同事加斯德里高尼大爷、给契里娜的道德教育与宗教教育，奥索还说了几句笑话。

高龙巴说道："勃朗陶拉岂沃是规矩人；可是听说加斯德里高尼品行不端。"

奥索回答："据我看，他不比勃朗陶拉岂沃差，勃朗陶拉岂沃也不比他差。他们俩都是公开的反抗社会。一不做，二不休，犯了第一桩案子，别的案子也就跟着来了；可是他们的罪过不见得比许多不住在绿林中的人更多。"

妹妹听了，不禁喜形于色。

奥索又道："是的，这些可怜虫也有他们的荣誉观念。他们过着这种生活并非为了卑鄙的贪心，而是为了一种野蛮的成见。"

说到这里，兄妹俩静默了一会。

"哥哥。"高龙巴替他倒着咖啡，说，"也许你已经知道，查理－巴蒂斯德·比哀德利昨天晚上死了。是的，他是发沼泽热死的。”

“这个比哀德利是谁呢?”

“他是本村的人，他的老婆叫做玛特兰纳，我们父亲临死的时候便是把纸夹交给她的。她来央求我去陪灵，唱个挽歌。最好你也去一趟。彼此都是乡邻，在我们这样小的地方，这种礼貌是不可少的。”

“陪灵陪灵！见什么鬼！我才不喜欢我的妹妹这样的抛头露面呢。”

“奥索，养生送死，各有各的办法。巴拉太是我们祖先传下来的，我们应当尊重这个古老的风俗。玛特兰纳没有唱挽歌的才具，本地最好的挽歌女，斐奥第斯比娜老婆子病了。巴拉太又不能不唱。”

“你以为没人对着巴蒂斯德的棺材唱几句打油诗，巴蒂斯德在阴间就摸不着路了吗？高龙巴，你要去陪灵就陪灵吧；要我跟你一起去也行，可是别作什么巴拉太；你年纪这样大了，成何体统呢！……妹妹，我这是央求你啊。”

“哥哥，我已经答应人家了。你知道这是本地的风俗；我现在再和你提一遍，能作巴拉太的只有我一个人。”

“荒唐的风俗!”

“要我这样唱，我也很难受。第一我要把我们的伤心事统统回想起来；明天还得大大的不舒服。可是没办法。哥哥，答应我罢。你该记得，在阿雅佐的时候，你还要我临时作一支歌，唱给那英国小姐听，她一定是取笑这个风俗的。难道今天我不能替一些可怜的人作一支歌吗？他们可是感激不尽呢，同时那也能把他们的痛苦解淡一些。”

“好，随你吧。我敢打赌你已经把巴拉太作好了，不愿意白白丢掉。”

“不，哥哥，这个我不能预先作的。我得坐在亡人前面，想着他的家属，等我眼泪冒上来了，我才把临时的感想唱出来。”

这些话都说得非常朴素，足见高龙巴小姐毫无夸耀诗才的意味。奥索只得让步，陪着妹子上比哀德利家。在一间最大的屋子内，遗体陈放在一张桌上，脸露在外面，门窗大开，桌子周围点着好几支蜡烛。寡妇坐在亡人的头旁边，她后面是一大堆女的，把屋子的半边都挤满了；另外半边站着一些男人，光着头，眼睛盯着尸首，鸦雀无声。每个新到的客人走近桌子，拥抱死者①，向寡妇和儿子点点头，然后一声不出的站在人堆里。可是不时有个吊客冲破庄严的静默，向死者说几句话。一个女客说：“为什么你把你贤慧的女人丢下了呢？她不是把你服侍得很好吗？你又不缺少什么。为什么不多等一个月？也许你还会添一个孙子呢！”

比哀德利的儿子，又高又大的青年，握着父亲冰冷的手嚷道：“噢！为什么你不死于非命呢？那我们可以替你报仇了！”

奥索进门刚好听见这两句话。众人一看到他便让出一条路来，一阵喁语的声音表示大家非常兴奋的等着挽歌女。高龙巴拥抱了寡妇，握着她的手，低着眼睛，凝神屏息了一会。然后她把面纱撩在背后，眼睛直勾勾的瞧着死人，把身子伛在尸首上面，脸色几乎跟它一样惨白，唱起来了：

查理－巴蒂斯德！但愿基督接受你的灵魂！——活着是受苦。——现在你到一个地方——没有太阳，没有寒冷。——你再也用不着你的锹——用不着你的锄。——不用再辛苦。——从今以后，天天都是星期日。——查理－巴蒂斯德，但愿基督接受你的灵

① 一八四〇年时，鲍谷涅诺尚有此种风俗。

魂！——你的儿子替你管着家。——我看见倒下一株橡树——被西南风吹枯了。——我以为它死了。——不料我又走过，看见根上抽了新枝。——新枝又变了橡树——浓荫匝地。——玛特兰纳，你在这些枝条下面歇歇吧——别忘了那株以前的橡树。

听到这里，玛特兰纳嚎啕大哭，还有两三个男的，发起狠来会开枪打人像打鹧鸪一样稀松平常的人，也在黝黑的脸上抹着大颗大颗的眼泪。

高龙巴这样的继续了一会，时而对死者说话，时而对家属说话，时而又照着巴拉太惯有的体例，用死者的口吻安慰亲友，劝告亲友。她越唱，脸上的表情越庄严；皮肤染上透明的玫瑰色，格外衬托出她牙齿的光泽和滚圆的眼珠的火焰：宛然是一个古希腊神庙中的女巫。除了几声哀叹，几声哽咽，周围的听众声息全无。奥索对于这种野蛮的诗意虽不像别人那末容易激动，也很快的被众人的情绪感染了。躲在屋子黑暗的一角，他哭得和比哀德利的儿子一样伤心。

突然之间，人堆里略微有些骚动，围在一起的听众散开了些，进来几个生客。单看大家表示的敬意，和闪在一边让来客走过的礼貌，足见来的都是要人，对主人家特别增光的。为首的约摸有四十岁。他的黑衣服，钮孔上的红丝带①，威严而安详的神色，一望而知是州长。后面跟着一个伛背老人，皮色蜡黄，戴着绿眼镜也遮掩不了他胆怯而慌张的眼神。他穿的黑衣服身腰太大了，尽管很新，但明明是几年以前做的。他始终站在州长身旁，仿佛想躲着人。后面还有两个青年，个子高大，皮肤晒得乌黑，

① 法国人授有荣誉团勋位的，平日均在上衣左钮孔上缀有小红丝带或小红钮。

络腮胡子把两边的腮帮都遮掉了。他们俩旁若无人，完全是一副放肆的看热闹的神气。奥索离家日久，早已忘了村里人的面目；但一看见戴绿眼镜的老人，年深月久的回忆便在心中浮起来了。单是挨在州长身后这一点，就说明了他的身份。原来比哀德拉纳拉村长巴里岂尼律师，带着两个儿子特意陪州长来见识一下巴拉太。那时奥索的心情简直不容易说得清；但父亲的仇人一出现，他立刻有种厌恶的心理，而他长时期压制着的猜疑也在胸中抬头了。

至于高龙巴，一见不共戴天的敌人，富于表情的面貌立刻变得狰狞可怖。她的脸色发白，声音也嗄了，刚开场的诗句念了一半，停住了……过了一忽，她又把巴拉太唱下去，却另有一番慷慨激昂的情绪：

可怜的鸟在空巢前面哀啼——鹰隼却在四周飞翔，看着她悲痛欲绝而百般辱詈。

唱到这里，人丛中忽然有阵匿笑的声音；那是才到的两个青年觉得这譬喻太露骨了一些。

但鸟儿迟早会惊醒——鼓起翅膀——叫敌人血流遍地！——而你啊，查理-巴蒂斯德——朋友们正在和你诀别——他们的眼泪已经哭尽。——只有可怜的孤女不哭。因为你已经上了年纪——死也死在你亲人中间——准备去匍匐在上帝面前。——孤女却在哭她的父亲，遭了卑鄙的凶犯暗算——鲜红的血流在绿叶丛中。——她保留了他的血——高贵而无辜的血——拿去洒在比哀德拉纳拉村里——让它变成致命的毒药。——比哀德拉纳

拉的血迹始终那么新鲜——直要到罪人的血把无辜的血
洗掉的那一天。

唱完了这几句，高龙巴倒在一张椅子上，放下面纱，嚎啕大哭起来。在场的妇女流着泪上前拥在她周围；好几个男人恶狠狠瞪着村长和他的儿子；有几个老人喃喃的批评他们不该到这里来。丧家的儿子在人堆里挤过去，预备请村长赶快离开；但村长无须他开口，已经跨出大门，两个儿子也到了街上。州长对年轻的比哀德利说了几句慰问的话，也跟着他们走了。奥索走过来，抓着妹妹的手臂把她拉出屋子。

年轻的比哀德利对他的几个朋友说："送他们回去。别让他们遇到什么事！"

两三个青年急急忙忙在左边的衣袖里揣着匕首，把奥索兄妹俩直送到他们家的大门口。

一三

高龙巴气喘吁吁，累到极点，一句话都说不上来。她把头倒在哥哥肩上，紧紧的抓着他的手。奥索虽然对她最后一段巴拉太很不高兴，可是看了她的模样也不敢埋怨她。他不声不响，等她那阵感情冲动淡下去。不料忽然有人敲门，萨佛里亚慌慌张张的进来通报，说是州长来了。高龙巴听了马上打起精神，仿佛对于自己软弱的表现非常惭愧，站起来扶着一张椅子，椅子却在她手底下颤动不已。

州长先说了几句俗套，表示深夜登门不胜抱歉；然后他为高龙巴小姐惋惜，提到强烈的感情如何危险，哭灵的风俗如何不合理，说挽歌女越有天才，听的人越感痛苦；又巧妙的插进几句，对最后一段巴拉太的用意淡淡的露出一点责备的意味。接着他又换了种口吻，说道：

“台拉·雷皮阿先生，你的两位英国朋友托我向你们多多致意：奈维尔小姐特别问候令妹。我还有她的一封信要交给你呢。”

“奈维尔小姐有信吗？”奥索问。

“可惜我没带在身边，等会给你送过来。她父亲病了几天。我们先担心他害那个可怕的热病。幸而现在没事了，你可以亲自证实一下，因为我想你不久就会见到他了。”

“奈维尔小姐大概很着慌吧？”

“她到事后才知道危险。台拉·雷皮阿先生，奈维尔小姐和我谈了很多关于你和令妹的话。”

奥索弯了弯身子。

“她对你们俩友谊很深。她外表那么风雅，有点玩世的气息，骨子里却理性很强。”

奥索回答：“不错，她是挺可爱的。”

“先生，我今番可以说是受了她的请托才到这儿来的。我很不愿意和你提的那件可怕的事，谁也不及我知道的清楚。既然巴里岂尼先生还是比哀德拉纳拉的村长，我还是本州的州长，不用说，我对于某些猜疑是极关心的；那些猜疑，据我所知，是有些冒失的人向你提出而被你指斥的；以你这样的地位，这样的性格，大家也料到你不会相信那种无稽之谈。”

奥索坐在椅子上不大安静了，对妹子说：“高龙巴，你太累了，去睡觉吧。”

高龙巴摇摇头。她又恢复了平时镇静的态度，把火剌剌的眼睛直瞪着州长。

州长继续说：“巴里岂尼先生极希望你们之间的敌意……就是说你们之间不明朗的局面，能够终止……我这方面很乐意看到你能和他恢复关系；以身份而论，你们都是应当互相尊重的人……”

“先生。”奥索打断了州长的话，声音很激动，“我从来没认为巴里岂尼律师谋害我父亲，但他做了一件事，使我永远不能和他再有来往。他冒着某个土匪的名写了一封恐吓信……至少他暗示说那封信是我父亲写的。先生，这封信间接便是我父亲被害的原因。”

州长沉吟了一会。

“倘若令尊大人当年和巴里岂尼先生争讼的时候，因为脾气急躁而相信这种事，那还可以原谅；但你这方面就不能这样武断了。你想，巴里岂尼捏造那封信根本是无利可图……至于他的人品，我还没跟你提呢……，你完全不认识他，你对他已经有了成见……但他是熟悉法律的人，你总不能认为他……”

奥索站起身子，说：“可是，先生，请你想一想，说那封信不是出之于巴里岂尼先生之手，就等于说出之于先父之手。先生，他的名誉便是我的名誉。”

“先生，我比谁都更相信台拉·雷皮阿上校是清白的……但写匿名信的人现在已经查出了。”

高龙巴向州长走过去，嚷着：“谁？”

“一个坏蛋，犯过好几桩案子……都是你们高斯人不能原谅的案子。他是个强盗，叫做托玛索·皮安契，现在关在巴斯蒂阿牢里，他供认那封该死的信是他写的。”

“我不认识这个人。”奥索说，“他写那封信有什么目的呢？”

高龙巴道：“他是本地出身，我们从前一个磨坊司务的兄弟。他是个无赖，专门扯谎，说的话不能相信的。”

州长又道：“我马上可以告诉你们，他在这件事情里头有什么作用。令妹所说的磨坊司务，好像叫做丹沃陶吧，向上校租着一个磨坊，那磨坊的水源便是巴里岂尼先生与令尊大人争讼的目标。上校素来慷慨，并不拿磨坊谋利。托玛索以为一朝巴里岂尼先生争得了小溪的主权，租户就得付一笔很高的租金，因为大家知道巴里岂尼先生是很喜欢钱的。总而言之，托玛索为要帮他哥哥的忙，假造了土匪的信。全部的事实就是这样。你知道高斯人的家属关系特别密切，有时竟会因此犯罪……你念一念检查长给我的这封信，就能证实我以上的话了。”

奥索把缕述托玛索供词的信念了一遍，高龙巴也站在哥哥背后看了。

她看完了嚷道：“一个月以前，大家知道我哥哥快回来的时候，奥朗杜岂沃·巴里岂尼上巴斯蒂阿去过一趟。他可能见到托玛索，把他买通了的。”

“小姐。”州长不耐烦了，“你解释什么事都凭着恶意的猜测；难道这是探求事实的办法吗？——先生，你，你是头脑冷静的；请你告诉我，现在你作何感想？是不是和小姐一般见识，以为一个只犯了轻微的罪，决不会判重刑的人，为帮一个陌生人的忙，肯心甘情愿的担承伪造文书罪？”

奥索把检查长的信重新念了一遍，聚精会神的把每个字都推敲过；因为自从他见到巴里岂尼律师以后，他觉得自己没有前几天那末容易被说服了。临了他却不得不承认那个解释是有理的。——但高龙巴态度很坚决的嚷着：

“托玛索·皮安契是个狡猾的家伙，我相信他结果决不会判罪，或者会逃走的。”

州长听着耸耸肩膀，说道：

“先生，我把我所得到的材料通知你。现在我告退了，让你细细想一想，由你的理智来点醒你，而我希望你的理智比令妹的……猜疑更有力量。”

奥索为了高龙巴的态度向州长说了几句道歉的话，声明他此刻的确相信那件事只能教托玛索一个人负责。

州长站起身子预备走了，说道：

“要不是时间这么晚，我就邀你一同去取奈维尔小姐的信了……同时你可以把刚才和我说的话对巴里岂尼先生说一遍，那便什么事都没有了。”

“奥索·台拉·雷皮阿永远不能踏进巴里岂尼的家！”高龙巴语气非常激烈。

“小姐大概是府上的当家人吧。”州长带着挖苦的意味说。

可是高龙巴声音很坚决：“先生，你受了骗。你没认识律师的为人：他是个最阴险的家伙。我求你别教奥索做一件丢人的事。”

“高龙巴！”奥索嚷道，“你感情太冲动，失掉理性了。”

“奥索！奥索！看在我交给你的小箱子面上，我求你听我的话。你和巴里岂尼之间有着父亲的血；你决不能上他们家去！”

“妹妹！”

“哥哥，你千万不能去，要不然我就离开家庭，永远不回来了……奥索，请你可怜可怜我吧。”

说着她跪在了地下。

州长说：“台拉·雷皮阿小姐这样没有理性，使我看了很难过。我相信你一定能劝醒她。”

他把门开了一半，仿佛等奥索跟他一起走。

“此刻我不能离开她……明天，要是……”

“明天我清早就走了。”州长回答。

高龙巴合着手嚷道：“哥哥，至少你得等到明天早上。让我查查父亲的文件……这一点总不能拒绝我吧。”

“那末你今夜就去查；查过以后，可不能再拿这种荒谬的仇恨和我纠缠了……州长，真是抱歉万分……我自己也觉得很不舒服……还是改在明天吧。”

州长一边往外走一边说：“睡过觉，主意好；希望你明天不至于再三心两意。”

高龙巴唤着老妈子：“萨佛里亚，拿个灯笼送州长先生。他有封信交你带回。”

她又吩咐了几句只有萨佛里亚一个人听见的话。

州长去了，奥索说：“高龙巴，你使我很难过。难道你永远不承认事实吗?”

“你是宽限我到明天的。时间不多了，可是我还存着希望。”

然后她拿着一包钥匙，奔到楼上一间屋子里去了。奥索只听见她匆匆忙忙的打开抽屉，在上校生前收藏重要文件的书桌内翻东西。

一四

萨佛里亚去了半天，奥索等得焦急之极，才看见她拿着信回来，后面跟着那女孩子契里娜，揉着眼睛，因为她是在睡梦中被叫醒起来的。

“孩子。”奥索问，“你这个时候来干什么?”

“小姐叫我呢。”契里娜回答。

奥索心中思量：“她有什么鬼事找她?”但他急不及待的拆阅丽第亚小姐的信，契里娜便上楼找他妹子去了。

丽第亚小姐在信中说：“家父害了一场小病，并且一向懒于提笔，只能由我来当书记了。你知道，那天他不跟我们一同欣赏风景，在海边把脚弄潮了；仅仅这点儿小事，就足够传染你们贵岛上那种有趣的热病了。你念到这一句的神气，我已经想象得出：你一定在找你的匕首了吧，但我希望你已经没有匕首了。闲话少说；家父发了一点儿寒热，我吃了大大的惊吓。我始终觉得挺可爱的州长，替我们找了，一个也是很可爱的医生。两天之内，居然把病给解决了：热度没有再来。父亲已经想去打猎了；可是我不答应他。——你们山中的古堡怎么啦？那座北塔是否还在老地方？有鬼没有？我问你这些，因为你答应家父，想法让他打到麋鹿，野猪，摩弗仑野羊……那怪兽是不是叫这个名字？我们到巴斯蒂阿上船的途中，预备在府上打搅几天，但愿台拉·雷皮阿古堡，你说是那么旧那么破落的，别坍下来压在我们头上。州长真有意思，和他在一起不愁没有谈话的资料；我敢自夸，我已经使他有点儿着迷了。——我们常常谈到阁下。巴斯蒂阿牢里关着一个强盗，司法当局把他的一部分供词寄给州长，内容正好祛除你最后一些疑虑；你那种仇恨心理有时使我感到不安，我想从今以后那心理应当消灭了。你真想不到这一点使我多么高兴。那天你和美丽的挽歌女动身的时候，手里拿着枪，眼睛阴森森的，我觉得你高斯人的气息比平时更重了……甚至太重了。好了！我把信写得这么长，因为我无聊得很。可惜州长也动身了！我们出发到山里去以前，会派一个专差通知你的，那时我要不揣冒昧，写信给高龙巴小姐，请她做一盘货真价实的勃罗岂沃。目前请你向她多多致意。我到处都在应用她的匕首。拿它裁一本我带来的小说；但大概因为辱没了宝刀的身份，它把书戳得不成样子。先生，再会了；家父要我转达他的拳拳之意。希望你听从州长的话，他主意很好，大可采纳，我知道他是特意为你绕道的；他这回要到高德去行奠基礼，想必是个隆重的仪式，可惜我不能参加。你想：一位先生穿着绣花衣衫，足登丝袜，身披白绶带①，手里拿着一块泥板！……再加上一篇演说；典礼终了还得一遍又一遍的喊着：君王万岁！——你看我写满了四张信纸，你要自鸣得意了吧；可是我再说一遍，我是闷得慌，才写这么长的。啊，你至今没报告安抵比哀德拉纳拉的消息，使我有点奇怪。丽第亚。

附笔：我要求你听从州长的话，依着他的意见行事。我们大家商量好要你那么办，并且你办了也能使我高兴。”

---

① 那是法国州长的大礼服。

奥索把这封信念了三四遍，每念一遍，心中必加上无数的注脚。然后他复了一封长信，教萨佛里亚去交给一个村上的人，连夜送往阿雅佐。他已经不想再和妹子讨论对巴里岂尼家的仇恨有无根据，丽第亚小姐的信使他把一切都看做光明灿烂，既没有猜疑，也没有仇恨。他等了一会，不见妹子下楼，便去睡觉了；长久以来，这是他第一次感觉到精神这么轻快。契里娜奉着秘密使命，被打发走了。高龙巴大半夜工夫都在旧纸堆里翻来翻去；快天亮时，有几颗小石子摔在窗上，她听到这讯号便走进园子，开了一扇偏门，引进两个脸色很难看的男人，立刻带入厨房，给他们吃东西。这两个是什么人物。读者等会就可知道。

一五

早上六点左右，州长的一个仆人到奥索家来敲门。出来接见的是高龙巴；他说州长要动身了，等她的哥哥去一趟。高龙巴毫不迟疑的回答，她哥哥才在楼梯上摔了一跤，蹩扭了腿。一步不能行，请州长原谅。倘使州长肯枉驾到这里来，更是感激不尽。仆人走了不久，奥索下楼了，问妹子州长有没有派人来找他。

她若无其事的回答："他要你在家里等着。"

半小时过去了，巴里岂尼那边毫无动静；奥索问高龙巴有没有在旧纸堆里发见什么；她说等会儿在州长前面宣布。她装得极镇静，但皮色和眼睛都表示她紧张得不得了。

最后，巴里岂尼家的大门开了；州长穿着旅行装束第一个走出来，后面跟着村长和他的两个儿子。村上的居民从出太阳起就等着看州里的最高长官出发，这时看见他由巴里岂尼父子三人陪着，穿过广场一直往台拉·雷皮阿家走来，都不由得大吃一惊。有几个在地方上爱管闲事的人便说："噢，他们讲和了！"

一个老头儿接着道："我早告诉你啦，奥索·安东尼奥在大陆上待得太久了，做事不会再有轰轰烈烈的血性。"

一个雷皮阿党的人回答："可是你瞧，究竟是巴里岂尼一家去找他的。他们讨饶了。"

“这都是州长花言巧语把他们撮合的。”老人说，“现在的人都没勇气了，年轻人把自己父亲的血看得一文不值，好像他们都不是亲生的儿子。”

州长发见奥索一切照常，走路毫无困难，觉得好生奇怪。高龙巴三言两语，便承认是自己扯的谎，请求原谅。她说：

“州长先生，倘若你住在别处，家兄昨天就亲自过来拜见了。”

奥索慌忙谢罪，竭力分辩这种可笑的手段与他全不相干，他为之懊恼极了。州长与老巴里岂尼似乎相信奥索说的是真话，看他惭愧的表情和对妹子的埋怨就可证明。但村长的儿子们并不满意。

“这简直是跟我们开玩笑嘿。”奥朗杜岂沃的声音相当高，故意要人听见。

梵桑丹洛说：“倘若我的妹子给我玩这种把戏，我一定教她下次不敢再来。”

这几句话和说话的音调使奥索大不高兴，心中的好意未免受了影响。他和巴里岂尼弟兄彼此很不客气的瞅了几眼。

大家落了坐，只有高龙巴站在厨房门口。州长首先开言，对于当地人士的偏见泛泛的提了几句，认为许多年深月久的敌意多半是误会造成的。然后他对村长说，台拉·雷皮阿先生从来没相信巴里岂尼一家对于他父亲那件不幸的事故，直接间接有什么关系；固然他对两家之间的讼案有一点不无怀疑，但奥索先生离乡日久，听到的消息不尽可靠，所以他的怀疑也是意料之中的；由于最近的发见，他现在已经涣然冰释，愿意与巴里岂尼先生和他的儿子们言归于好，大家做个好乡邻。

奥索勉强弯了弯腰；巴里岂尼先生喃喃的说了几句谁也听不见的话；两个儿子眼睛望着屋梁。州长继续他那篇演说，正要代巴里岂尼方面向奥索致辞，不料高龙巴从头巾里掏出几张纸，很庄严的走到两造中间，说道：

“我们两家之间的敌意能够消灭，我当然非常高兴；但若要讲和讲得真诚，就得把事情说个明白，没有一点儿含糊。——州长先生，托玛索·皮安契声名狼藉，我很有理由怀疑他的供辞。”——接着她转向巴里岂尼：“我说两位令郎也许在巴斯蒂阿监狱见过那个人……”

“那完全是胡说。”奥朗杜岂沃打断了高龙巴的话，“我没见过他。”

高龙巴不胜轻蔑的瞪了他一眼，若无其事的接着说：

“州长，据你的解释，托玛索假冒土匪阿谷斯蒂尼的名字写信恐吓巴里岂尼先生，目的是要替他的哥哥丹沃陶保留磨坊的租用权，因为我父亲收的租费很低，是不是？”

“那是很明显的。”州长说。

奥索被妹子温和的态度瞒过了，也附和道：“像皮安契那样的无耻小人，当然什么事都做得出来。”

高龙巴却继续往下说着，眼睛更加有神了：“匿名信是七月十一日写的。那时托玛索是在他哥哥那儿，就是说在磨坊里。”

“是的。”村长说着，有点儿不安了。

于是高龙巴得意扬扬的嚷道：“那末托玛索·皮安契写那封信还有什么目的呢？他哥哥的租约早已满期；我父亲是七月一日通知他迁让的。我父亲的记录和通知迁让的原稿都在这儿；还有阿雅佐一个经纪人写来的信，向我们推荐一个新的磨坊司务。”

她随即把手里的纸递给州长。

在场的人听了都大为惊愕。村长显然脸色变了；奥索皱着眉头，走过去把州长留神细阅的文件也看了一遍。

奥朗杜岂沃愤愤的站起来，重复了一句：“这简直是跟我们开玩笑嘿！走吧，父亲。咱们根本不该到这儿来的！”

一刹那之间，巴里岂尼先生已经定下神来，要求看看那些文件；州长一声不出，交给了他。他把绿眼镜掀在脑门上，装着漫不经意的态度念了一遍，高龙巴却在一旁像母虎般睁着眼睛瞅着他，仿佛看到一头麋鹿走近它小虎的洞口。

“可是。”巴里岂尼先生重新戴好眼镜，把文件还给州长，“托玛索知道上校是个软心肠的人……认为……大概认为……上校可能改变主意，不教他哥哥离开……事实上，他哥哥现在还用着那个磨坊，所以……”

“那是我。”高龙巴用着轻蔑的口气回答，“那是我给他保留的。父亲死后，在我的地位上不得不敷衍一下家里的客户。”

“可是。”州长说，“托玛索自己承认写那封信……那是很清楚的。”

奥索插言道：“我觉得很清楚的是：这件事情里头的确有些卑鄙龌龊的把戏。”

高龙巴说：“对于你们几位的话，我还可以提出反证。”

她打开厨房门，勃朗陶拉岂沃和神学士带着他们的狗勃罗斯谷立刻走近了客厅。两个土匪至少表面上没有带武器；腰间挂着弹药带，但并没那必不可少的附属品：手枪。一进来，他们便恭恭敬敬的脱下帽子。

两人突然之间的出现，给大家的印象是可想而知的。村长几乎往后仰倒；两个儿子立刻很勇敢的挡在他前面，把手伸进口袋去掏匕首。州长抬起身子往门口走，奥索一把抓着勃朗陶拉岂沃的衣领，叫道：

“你来干什么，该死东西？”

“这明明是杀人的圈套了！”村长一边嚷一边去开门；但萨佛里亚在外面把门牢牢的反锁了，后来人家才知道是土匪预先吩咐的。

“诸位。”勃朗陶拉岂沃说，“不用害怕；我皮肤虽黑，可不是魔鬼。我们一点没有恶意。州长先生，我向您请安。——排长，松松手好不好，您把我掐死了。——我们到这儿来是作证的。喂，神甫，你说呀，怎么舌头不灵活啦？”

“州长先生。”那位神学士出身的土匪说，“我没机会拜见过您。我叫做琪奥耿多·加斯德里高尼，外号叫神甫……啊！您想起了吧！我也没见过小姐，但她要我供给一些关于托玛索·皮安契的材料；三星期以前，我和他一同关在巴斯蒂阿监狱。我可以告诉你们的是……”

州长道：“不用费心；我不要听你这样的人的话……台拉·雷皮阿先生，我很愿意相信你并没参预这个卑鄙的阴谋。但你是不是一家之主？快快教人开门。令妹和土匪们有这种古怪的关系，也许日后需要她负责说明的。”

“州长先生。”高龙巴嚷道，“请你听一听这个人的话。你到这儿来是主持公道的，你的责任是搜罗事实。琪奥耿多·加斯德里高尼，你说吧。”

“别听他的！”三个巴里岂尼一齐喊起来。

土匪笑了笑，说道：“大家同时开口，谁也听不见谁了。——在监狱里，我跟这个托玛索是同伴，不是朋友。奥朗杜岂沃先生常常去看他……”

“这完全是胡说。”弟兄俩同时叫着。

“两个负就等于一个正。”加斯德里高尼冷冷的插了一句，“托玛索那时手头很宽：吃的喝的都是顶好的。我一向喜欢吃好东西，（那是我的小毛病，）所以虽然讨厌和那坏蛋来往，也扰了他好几顿饭。为了礼尚往来，我劝他跟我一块儿逃……有个女孩子受过我一点恩，给我越狱的方便……我不愿意说出姓名连累人。托玛索却不愿意逃，说他保证没事，巴里岂尼律师替他请托了所有的法官，将来可以无罪开释，还能到手一笔钱。至于我，我觉得还是三十六着走为上。——好了，我言尽于此了①。”

“这个人说的完全是谎话。”奥朗杜岂沃很坚决的重复了一遍，“倘若我们在田里，手里拿着枪。他决不敢说这种话。”

“这可是胡闹了！”勃朗陶拉岂沃叫道，“奥朗杜岂沃，我劝你别跟神甫翻脸。”

“你可让不让我出去呀，台拉·雷皮阿先生？”州长焦躁的跺着脚。

奥索叫道：“萨佛里亚！萨佛里亚！该死，还不开门吗？”

勃朗陶拉岂沃说：“别急，让我们这方面先溜。州长先生，大家在朋友家相见，分手的时候照例应该有半小时的休战。”

州长傲然瞪了他一眼。

“诸位，失陪了。”勃朗陶拉岂沃说着，伸着手臂唤他的狗：“来，勃罗斯谷，为州长先生跳一次！”

狗逃过了他的手臂，两个土匪急急忙忙到厨房里拿着武器，从后园里溜了。一声唿哨，堂屋的门像中了魔术一般立刻打开了。

“巴里岂尼先生。”奥索压着一肚子怒火，“我现在认定那封匿名信是你写的了。今天我就要递呈子，告你伪造文书和勾通皮安契的罪名。也许以后还有更大的罪名要告你呢。”

村长回答：“我吗，台拉·雷皮阿先生，我要告你设计谋害，交通匪党。眼前，州长先生先要把你交给警察看管。”

州长却是声色俱厉的说道：“州长自有权衡。他要维持比哀德拉纳拉的秩序；他要秉公处理。诸位，我这话是向你们大家

① 此处原文为拉丁文，为古代叙事结尾的套头语。

说的。”

村长和梵桑丹洛已经走出客厅，奥朗杜岂沃身子朝里，正跟着他们一步一步的退出去，奥索却轻轻的和他说：

“你父亲老了，禁不起我一个巴掌；我要找的是你，还有你的兄弟。”

奥朗杜岂沃一言不答，马上掣出匕首像疯子般扑向奥索；但他来不及下手，就被高龙巴抓住手臂用力扭过来；奥索飞起一拳打在他脸上，他倒退了好几步，猛烈的撞在门洞子上，把匕首撞落了。可是梵桑丹洛掣着武器回进屋子，高龙巴却纵过去抓着长枪，教他看到双方并不势均力敌。同时州长也横着身子拦在两造中间。

“好，奥斯·安东，回头见！”奥朗杜岂沃叫着，把门大声曳上了，又在外边反锁了，好让自己从容退走。

奥索与州长一声不出，各人在屋子的一角呆了好一会。高龙巴得意扬扬，倚着那支决定胜利的长枪，望望这个，望望那个。

临了，州长很威严的站起来，嚷着：“唉！这种地方！这种地方！台拉·雷皮阿先生，你错了。现在请你答应我不再有激烈行动；这件该死的事，你只能静候法律解决。”

“是的，州长先生，我不应该打那个坏蛋；可是现在已经打了，他要向我挑战的时候，我不能拒绝。”

“不会的，他不会跟你决斗的！……但他万一把你暗杀的话，那是你自作自受了。”

“我们会防着他的。”高龙巴说。

“州长，我看奥朗杜岂沃还是个烈性的人。”奥索说，“我还瞧得起他。刚才是他先掣出匕首来的，但我处在他的地位也会这么办；幸而我妹妹的腕力不像一个弱不禁风的女孩子。”

“你不能决斗。”州长嚷道，“我不许你决斗！”

“告诉你，先生，凡是荣誉攸关的事，我只听我的良心吩咐。”

“我说你万万不能决斗！”

“先生，你可以把我逮捕……就是说如果我让人逮捕的话。可是即使那样，也不过是把事情拖得晚一些，因为这件事现在变得不可避免了。州长先生，你是一个有面子的人，你很知道大势所趋，非那么办不可。”

高龙巴补充道：“如果你把家兄逮捕了，半个村子的人都会出来帮着他，免不了一场恶斗。”

奥索说：“先生，我预先通知你，并且请求你，别认为我夸口：倘若巴里岂尼先生滥用村长的职权来抓我，我是要抵抗的。”

州长回答：“从今天起，我暂时停止村长的职权……当然我希望他能洗刷干净……先生，我真的很关切你。我要求你的并不多：只要你安安静静待在家里，等我从高德回来。我只去三天，回头带着检察长一块儿来，把这不幸事件彻底解决。你能答应我在这个时期内没有敌对行动吗？”

“我不能答应你，先生，倘若奥朗杜岂沃像我预料的那样向我挑战的话。”

“怎么！台拉·雷皮阿先生，既然你认为对方伪造文书，凭你堂堂法国军人的身份，还愿意跟他决斗吗？”

“先生，我打了他啊。”

“倘若你打了一个苦役犯，他来跟你评理，你也和他决斗吗？得了吧，奥索先生！好，我再退一步，只要求你别去找奥朗杜岂沃……要是他来约你，我就答应你跟他决斗。”

“没有问题，他会来约我的，可是我答应你不先打他嘴巴挑拨他。”

“唉，这种地方！”州长又叹了一声，在屋中大踏步踱着，

“什么时候我才能回法国去呢?”

“州长先生。”高龙巴用她最甜蜜的声音说，“时间不早了，能不能赏个脸就在这儿吃早饭?”

州长听了禁不住笑起来：

“我在这里已经待得太久……不无偏袒的嫌疑……还有那要命的奠基典礼！……我非走不可了……台拉·雷皮阿小姐，你今天种下多大的祸根啊!”

“州长先生，至少你得承认舍妹深信不疑的态度是有理的；并且我敢断定，你也觉得她的信念是有根据的了。”

“再见了，先生。”州长对他扬了扬手，“告诉你，我马上要去通知警察队长监视你们的行动。”

州长去了以后，高龙巴说：

“奥索，这里不比欧洲大陆。奥朗杜岂沃决不理会你的决斗，并且这混账东西也不配那样轰轰烈烈的死。”

“高龙巴，我的好妹妹，你是女中丈夫。我没挨着那一刀，真该谢谢你。把你的小手给我，让我亲一下。可是你别管我。有些事你是不懂的。快点端整早饭；但等州长上了路，你就替我把小姑娘契里娜给我找来，她办点儿事倒是挺妥当的。我要她送一封信。”

高龙巴去照料饭菜，奥索便上楼到自己房里写了一个条子：

“你大概很急于要和我见个分晓吧；我也是的。明天早上六点，咱们可以在阿瓜维伐山谷相会。我打手枪的本领很高明，所以不提议用这个武器。听说你善用长枪，咱们不妨各带一支双膛枪。我邀一个本村的人同来。倘若你的弟弟要陪你，你不妨再邀一位证人，并请先通知我。唯有在这个情形之下，我才约二位证人。

奥索·安东尼奥·台拉·雷皮阿”

州长在副村长处逗留了半小时，又到巴里岂尼家耽搁了一会，便动身上高德去了，只带一个警察护送。一刻钟以后，契里娜把上面的信直接交到了奥朗杜岂沃手里。

回音直到晚上才送来。署名的是老巴里岂尼，他通知奥索，已经把给他儿子的恐吓信送呈检察长去了。信末又说："我问心无愧，对于你的毁谤静候司法当局处理。"

高龙巴邀约的五六个牧人都来保卫台拉·雷皮阿家的塔。不顾奥索反对，他们在广场那边的窗上布置了箭垛子，整个黄昏都有村上的人来自告奋勇。神学家土匪也写了信来，说倘若村长教警察帮忙，他和勃朗陶拉岂沃一定出来干涉。信末又附着一行：

"我还想问你，州长先生对于敝友给勃罗斯谷受的教育作何感想？除了契里娜，我没见过一个学生像她那么驯良，那么聪明的。"

一六

第二天平静无事。双方都采取守势。奥索没有走出屋子，巴里岂尼家的大门也整天关着。留在比哀德拉纳拉的五名警察，在广场与村子四周走来走去，另外还有一个森林警卫，可以说是独一无二的民团，协助他们。副村长的绶带终日不离身；但除了两家窗上的箭垛子以外，没有半点战斗气象。只有一个高斯人才会注意到广场上的橡树四周只有些妇女来往。

吃晚饭时，高龙巴喜形于色，拿她才收到的奈维尔小姐的信给哥哥看：

“亲爱的高龙巴小姐，我从令兄信中知道你们的敌意已告终止，不胜欣慰，我特意向你们道贺。家父自与令兄别后，无人与他谈论战争，陪他打猎，便对阿雅佐厌倦透了。我们今日出发，预备带着介绍信至令亲处投宿。后天上午十一点左右，我要到府上来尝尝那山里的勃罗岂沃，据你说比城里的好吃得多。

“再见了，亲爱的高龙巴小姐。

你的朋友丽第亚·奈维尔”

“难道她没收到我第二封信吗？”奥索嚷道。

“看她信上的日子，就可以知道你的第二封信送到阿雅佐，丽第亚小姐已经上路了。你可是教她不要来吗？”

“我告诉她，我们处于作战状态。我觉得那不是招待客人的局面。”

“喝，那些英国人古怪得很。我临走前夜，她和我说，要是离开高斯没看到一场轰轰烈烈的愤达他，她会觉得遗憾的。倘若你愿意，奥索，我们大可以来一幕袭击仇人的全武行给她看看。”

“高龙巴，老天把你生为女人真是安排错了！你很可能作个出色的军人。”

“也许是吧。不管怎么样，我得准备我的勃罗岂沃。”

“不用啦。我们要派个人去，趁他们没出发以前拦阻他们。”

“是吗？你要在这种天气派人去，让山洪连人带信一块儿卷走吗？……逢着这样的大雷雨，我真可怜那些土匪！幸亏他们的斗篷都很好……奥索，我倒有个主意在这里：倘若雷雨停了，你明天清早就动身，在朋友们没出发以前赶到我们亲戚家。那也容易办到的，丽第亚小姐起床总是很晚。你把家里的事说给他们听；如果他们一定要来，那末我们也极高兴招待他们。”

奥索立刻同意了。高龙巴静默了一会，又道：

“奥索，我说对巴里岂尼家来个攻势，或许你以为我是开玩笑。你可知道现在咱们在数量上占着优势吗？至少是二对一。自从州长把村长暂停职务以后，这儿所有的人都站在我们这一边了。我们可以把他们剁为肉酱。要发动也容易得很。只要你愿意，我就上水池那儿讪笑他们的妇女，他们也许会跑出来……我说也许，因为他们没有种……说不定他们会从箭垛子里开枪，但打不着我的。那时大局就定了：是他们先进攻了。他们打败才是活该；乱哄哄的混战一场，打死了人，知道是谁开的枪？相信你妹子的话吧，奥索；要是等那些法官来，他们只会办公文，糟蹋纸张，说一大堆废话，毫无结果的。老狐狸还会花言巧语，把白天说做黑夜。啊！倘若州长没把身子挡着梵桑丹洛，我们已经少了一个敌人了。”

她把这些话说得和一忽儿以前提到做勃罗岂沃的话一样镇静。

奥索惊愕之下，望着他的妹妹，心中又佩服又害怕。

他从饭桌上站起来，说道：“高龙巴，我看你竟是魔鬼化身；可是你放心。倘若我不能教巴里岂尼一家上吊台，我会用别的方法结果他们。不是热烘烘的子弹，便是冷冰冰的刀锋①。你瞧，我并没忘了高斯的土话。”

“越早越好。”高龙巴叹了口气，“奥斯·安东，你明儿骑哪一匹马呀？”

“骑那匹黑的，你问我干么？”

“因为要喂它麦子。”

奥索才回到卧房，高龙巴马上把萨佛里亚和牧人都打发去睡了，独自待在厨房里做勃罗岂沃。她时时刻刻听着，似乎很焦急的等哥哥睡觉。赶到她以为哥哥终于睡着了的时候，便拿了一把锋利的刀，小脚上套了一双大鞋，无声无息的走进园子。

园子四周都有围墙，连着有一片很大的空地，围着篱笆，家里的马都放在那空地上。因为高斯的马根本没有马棚，人们把牲口放在园地中任凭它们自己觅食，自己想办法躲避风雨寒冷。

高龙巴小心翼翼的打开园门，走进空地，轻轻吹了一声唿哨，在她手中吃惯面包和盐的马都跑来了。她等那匹黑马一走近，便使劲抓着它的鬣毛，掣出刀来把它的一只耳朵割破了。那

---

① 此系高斯流行的说法。

马拚命纵起身子，像牲口受到剧烈痛楚时一样尖声叫了一下。高龙巴满意了，回进园子；不料奥索开出窗来叫道："谁呀?"同时她听见子弹上膛的声音。幸而园门完全在黑影里，一部分还被一株很大的无花果树遮掉。她看见哥哥屋内一闪一闪的发着亮光，知道他在点灯，便赶紧关上园门，沿着墙根走，使自己的衣服和墙上的蔓藤混成一片。奥索走进灶屋，她已经先到了几分钟。

"什么事啊?"她问。

"好像有人开园子的门。"奥索回答。

"不会的。要是那样，狗会叫的。也好，咱们去瞧瞧吧。"

奥索往园子里绕了一转，看见园子通外边空地的门关着，不免对自己的大惊小怪有点惭愧。他正预备回卧房去，高龙巴却和他说：

"哥哥，你变得谨慎了，我很高兴；在你的地位应当如此。"

"是你把我训练出来的。"奥索回答，"明儿见。"

天刚亮，奥索已经起床，预备出发了。那装束一方面显出他要去见一个他渴想奉承的女子，一方面显出他是个身负愤达他重任的高斯人。窄腰身的蓝外套上面，挂着一条皮带，用绿丝线系着一只白铁小匣，装着子弹；匕首插在旁边的袋里，手里握着芒东厂制造的长枪，上了子弹。他急急忙忙喝着高龙巴倒给他的咖啡，一个牧人出去替他套马。奥索兄妹也紧跟着出来，走到后面空地上。牧人抓着马，但立刻大吃一惊，把坐鞍和缰绳都掉在地下；而那匹马也想起了上一夜受的伤，为了保护另外一个耳朵，竟举起前蹄，掀起后腿，乱叫乱跳起来。

奥索对牧人嚷道："喂，快点儿呀!"

"啊！奥斯·安东！啊！奥斯·安东！圣母玛丽亚！……"

接着来了一大串诅咒，全是土话，多半是无法翻译的。

"什么事啊?"高龙巴问。

大家走近去，看到马血淋淋的，一只耳朵割破了，不由得又是惊异又是愤怒，一齐叫起来。原来高斯的风俗，伤害敌人的马是同时表示报仇，挑战，和恐吓对方的性命。“只有枪弹才足以惩罚这样的罪恶。”虽则奥索久居大陆，对这个侮辱不像别人那样感觉得尖锐，但若那时有一个巴里岂尼家的人出现，他也很可能立刻教他付代价的，因为他认定那是敌人干的事。

他嚷道：“没有种的混蛋！不敢堂而皇之的站出来，只会拿可怜的畜生出气！”

高龙巴愤愤的叫起来：“咱们还等什么？他们来向我们挑战，杀伤我们的马，我们还不回手吗？你们还能算人吗？”

牧人们一齐喊道：“报仇呀！把我们的马牵到村上去走一转，马上向他们进攻。”

包洛·葛利福说：“靠着他们的塔有个干草盖顶的谷仓，我一下子就能把它烧起来。”

另外一个提议把教堂钟楼的梯子取来；第二个又说，广场上堆着一根人家盖屋用的大梁，可以拿来撞开巴里岂尼家的大门。在众人的狂叫怒吼声中，高龙巴大声嚷着，说动手以前，她先请大家喝一大杯茴香酒。

不幸得很，其实是幸运得很，高龙巴对可怜的牲口下的毒手，对奥索并没多大作用。他相信这种残酷的行为是敌人作的，多半还疑心是奥朗杜岂沃；但他觉得对方受了他的挑战，挨了他的巴掌，光是割掉一匹马的耳朵决计洗刷不了所受的耻辱。相反，这种卑鄙与可笑的报复，倒反使他更瞧不起仇人；他现在和州长一般想法了，以为这种家伙根本不配做他的对手。他等嘈杂的声音静了一点，就要手下那般闹轰轰的人放弃厮杀的念头，说法官不久就来了，没有问题能替他的马报仇的。他又声色俱厉的补充：

"我是这儿的主人，我要大家服从。谁要再说什么杀人放火的话，我先拿他开刀。赶快替我把那匹灰色马套起来。"

高龙巴把他拉过一边，说道："怎么，奥索，你竟听让人家侮辱吗？父亲在的时候，巴里岂尼他们从来不敢伤害我们的牲口的。"

"我向你担保，他们将来要后悔的；只有勇气去杀害牲口的人，应当由警察和狱卒去惩罚……我已经说过了，法律会替我报仇的……要不然……总而言之，你用不着再提我是谁的儿子……"

"噢，还得忍耐！"高龙巴叹了口气。

"妹妹，记着我的话。"奥索又道，"倘若我回来发见有人向巴里岂尼家作过示威的举动，我决不原谅你。"然后又用着比较柔和的口气："很可能我陪着上校父女一块儿来；你得把卧房收拾干净，把中饭弄得好好的，尽量减少客人的不舒服。高龙巴，一个女人能有勇气固然很好，同时也得会当家。好了，来拥抱我，在家里安安分分的；——我那灰色马也套好了。"

"奥索，你不能一个人去。"

"我不要人保护，我向你担保不会让人家割掉耳朵的。"

"噢！跟人打架的时期，我决不能让你一个人动身。喂，包洛·葛利福！琪恩·法朗采，曼莫！你们拿着枪，跟我哥哥一块儿去。"

相当剧烈的争执了一会，奥索只得让人家护送。他在最激烈的牧人中间挑了几个叫喊最凶的；然后又对妹子和留守的牧人告诫一番，上路了，这一回可绕着小道，不打巴里岂尼屋子前面过。

他们已经和比京德拉纳拉离得很远，急急忙忙的赶着路，路上经过一条流入沼泽的小溪，包洛·葛利福老头瞥见好几只猪挺舒服的躺在泥潭里。一边晒太阳一边享受水旁的凉意。他立刻瞄准了最肥的一只。一枪打中它的脑袋，当场就死了。别的几只立刻爬起来溜了，动作的轻快出乎你意想之外；虽则另外一个牧人也放了几枪，它们都安然脱险，逃入一个树林，不见了。

“混蛋！”奥索嚷道：“你们把家猪当作野猪打吗？”

“不是的，奥斯·安东。”包洛·葛利福回答，“这群猪是律师家的，他伤了我们的马，我要他得点儿教训。”

奥索听了大怒：“怎么，混账东西！你们也跟敌人一样干这种无耻的事吗？替我滚回去。我不要你们这种人。你们只配跟猪猡打架。要是你们再跟着我，要不打烂你们的脑袋才怪！”

两个牧人互相瞪着眼，愣住了。奥索把马踢了几下，疾驰而去，一霎时就不见踪影。

“哎唷！”包洛·葛利福说道，“这才怪了！你一片忠心，他却这样对你！他的父亲因为你拿枪瞄准了律师大不高兴……他说：傻瓜，干么只瞄准，不开枪呢？……那儿子……你看见没有？……他说要打烂我的脑袋，拿它当做一个不能再装酒的破葫芦。这都是到大陆上去学来的，曼莫！”

“是啊，倘若人家知道你打死了这只猪，准会教你吃官司，奥斯·安东还不肯替你向法官说话，也不肯付律师费呢。还好，这一回谁也没看见。”

两个牧人商量了一会，觉得最好是把猪丢在一个土坑里；当下便立刻动手。不消说，掩埋之前，他们又把这个台拉·雷皮阿与巴里岂尼两家的仇恨的牺牲品割了几大块，拿回去做烤肉。

一七

奥索摆脱了没有纪律的卫队，继续赶路，一心想着与奈维尔小姐见面的快乐，竟忘了可能遇到敌人的事。他心上想：“为了跟混账的巴里岂尼他们打官司，我少不得上巴斯蒂阿去一趟。哎，为什么不陪着奈维尔小姐一块儿去呢？到了巴斯蒂阿，我们不是还能上奥莱查温泉吗？”童年的回忆突然使他清清楚楚的想起那美丽的风景。他觉得自己又躺在碧绿的草地上，在那些年代悠久的栗树底下。绿油油的草坪，开着一朵朵的蓝花，仿佛是对他微笑的眼睛，他看见丽第亚小姐坐在他旁边。她脱下帽子，比丝更细更软的淡黄头发，照着树隙中透下来的阳光，像黄金一般的闪耀。蓝得那么明净的眼睛，似乎比天空更蓝。她一只手托着腮帮，若有所思的听着他声音颤抖的情话。那件纱衣衫便是他在阿雅佐最后一天看见她穿的。衣衫的褶裥下面，露出一只小小的脚，套着黑缎鞋。奥索心里想，要是能把这只脚亲一下可多好；但丽第亚小姐有一只手没戴手套，拈着一朵雏菊。奥索接过雏菊，丽第亚的手便握着他的手；他吻着雏菊，又吻着她的手，她竟没有生气……他脑筋里转着这些念头，完全没注意所走的路；但他始终在那里策马向前。他正要第二次在想象中亲吻维奈尔小姐雪白的手，而事实上是亲吻自己的马头的时候，马突然停下了。原来契里娜拦在路上抓住了他的辔头。

“奥斯·安东，上哪儿去呀?”她说，“您不知道您的敌人就在这儿附近吗?”

“我的敌人！……在哪儿?”奥索因为那么有趣的幻景被打搅了，大为气恼。

“奥朗杜岂沃就在近旁等着您呢。您回去吧，回去吧。”

“啊！他等着我！你看见他吗?”

“看见的。他走过的时候，我正躺在凤尾草里，看他用望远镜向四下里瞧着。”

“他向哪方面去的?”

“就是您现在去的方向。”

“好，谢谢你。”

“奥斯·安东，您等等我的叔叔不是更好吗？他快来了，跟他一块儿走就没事啦。”

“契里，你别怕，我不需要你的叔叔。”

“要不要我跑在前面先给您去瞧瞧呢?”

“不用，谢谢你。”

奥索催着马，往女孩子指点的方向很快的奔过去了。

他听了这消息，先是无名火直冒，觉得这倒是个好机会，大可把这个挨了巴掌而拿马出气的无耻东西治他一治。可是过了一会又想到答应州长的话，尤其怕跟奈维尔小姐错失，几乎希望不要遇到奥朗杜岂沃了。然后是关于父亲的回忆，黑马的受伤，巴里岂尼父子的恐吓，把他的怒火又煽动起来，只想找着敌人，向他挑战，逼他决斗了。虽然这许多矛盾的心理在胸中翻腾不已，他依旧向前走着，但变得非常谨慎了，把路上所有的小林子和篱笆都打量过，有时还停下来，静静的听着田野里常有的那种莫名其妙的声音。和契里娜分手了十分钟（大概是早上九点），他到了一个极其陡峭的山岗，走的是一条人迹罕至的小路，两旁是一片最近烧过的小树林。地上铺满了半白不白的灰，东一处西一处有些被火烧焦的杂树和大树，叶子都光了，虽然已经枯死，却还矗立在那里。看到一片火烧过的小树林，你仿佛到了严冬时节的北方；满眼枯槁的景象与四周翠绿成荫的环境对比之下，愈加显得凄凉了。但在这样的风景中，奥索只感觉到一点，在他的地位上最重要的一点：就是光秃的土地不可能有什么埋伏，所以他把一望无际的平原看作沙漠中的水草，无须再时时刻刻的提心吊胆，怕树林中会伸出一支枪来对准他的胸脯了。接着火烧过的树林是好几块耕种的田，照当地的习惯，四周都围着石头堆成的墙垣，约摸有半人高。小路在这些园地中间穿过，墙内那些硕大无朋的栗树种得杂乱无章，远望好似一个茂密的树林。

因为山坡险陡，奥索不得不下来步行，把缰绳撩在马头上，自己踩着灰土很快的滑下去；才走到和右侧一块有石墙围着的园地只差二十五步的地方，他先迎面看见一个枪口，接着又看到一个人的脑袋伸在墙高头。那支枪稍微低了一下，他认出奥朗杜岂沃正在那里预备开放。奥索立刻取了迎敌的姿势，双方都拿枪瞄准了，彼此瞧了几秒钟；那种千钧一发，与人拚个你死我活的紧张情绪，便是最勇敢的人也会感觉到的。

“没种的下流东西！”奥索叫了一声。

他言犹未了，只看到对方的枪口冒起一阵烟，差不多同时，路的左侧有个他根本没看见的人，在另一堵墙后也放了一枪。两颗子弹都把他打中了：奥朗杜岂沃的一颗打穿了他的左臂，就是他向对方瞄准时托着枪枝的胳膊；另外一颗打在他的胸部，穿进衣服，幸亏中在他匕首的刀口上，掉下了，只擦伤一些表皮。奥索的左臂掉下去，贴在左腿上不会动了，枪口也往下沉了一沉；但他马上举起来，只用一只右手托着，向奥朗杜岂沃开火。敌人的头，他原来只看到眼睛为止，立刻不见了。他转向右边，朝着一个围在烟雾中看不甚清的人也放了一枪。那张脸也不见了。前后四枪接得那么紧密，即使最老练的士兵在连续射击的时候也不能放得更快了。奥索放过了最后一枪，一切又归于沉寂。他枪口中的烟往天空袅袅上升；墙背后没有一点动作，连最轻微的声音都没有。要不是手臂作痛，奥索几乎要疑心他刚才射击的两个人是他白日见鬼了。

奥索防到对方第二次射击，便走过几步掩在荒林中一株烧焦的树背后。借着这个掩蔽，他把枪枝夹在膝盖中间，急急装上子弹。但他的左臂痛得厉害，好像身上压着重物一般。那些敌人怎么了？他简直弄不明白。如果逃了或是受伤了，也该有些声音，树叶中间也该有些动静。难道他们死了吗？或者是躲在墙后等机会再开枪吗？他一方面捉摸不定，一方面觉得自己的气力越来越不济，便把右腿跪在地下，把受伤的手臂支在左腿上，借着树上的一根桠枝搁着枪。他手指按着扳机，眼睛盯着墙，伸着耳朵，一动不动的等了几分钟，像等了一个世纪。临了，在他背后很远的地方吹起一声唿哨，不久一条狗像箭一般从岗上直奔下来，到他近旁停住了，对他摇着尾巴。原来是两个土匪的徒弟兼同伴，勃罗斯谷。它既然来了，大概它的主人也快到了；要说等人，的确从来没有像奥索这样等得心焦的了。狗扬着脸，对着最近的一个园地很不放心的嗅着。忽然它在喉咙里低吼了一声，一纵就纵过了矮墙，又立刻跳回来，站在墙脊上瞪着奥索，尽量用它的眼睛表示惊讶；接着它伸着鼻子向对面的园地嗅了一会，又纵过了墙，一霎眼又回来爬上墙脊，表示同样的惊讶与不安；然后它窜到小树林中，两条后腿夹着尾巴，始终望着奥索，斜着身子慢慢的走开去，直走得相当远了，才放开脚步奔上岗去，几乎像下坡时一样的快，去迎接岗那边的一个男人——他不管坡度陡峭，正在急急忙忙跑上来。

奥索估计那人的距离能听见他声音的时候，就嚷：“勃朗陶，快来救我！”

“噢！奥斯·安东，你受伤了吗？”勃朗陶拉岂沃跑得连气都喘不过来，“伤的是身体还是四肢？”

“是手臂。”

“手臂！那不妨事。对方呢？”

“大概被我打中了。”

勃朗陶拉岂沃跟着他的狗，跑向最近的园地，靠在墙上朝里面瞧了一眼。他脱着帽子，说道：“啊，奥朗杜岂沃大爷请了！”接着对奥索也行了个礼，一本正经的说：“这才叫做打发得干净。”

“他还活着吗？”奥索问着，觉得呼吸很不方便。

“噢！他哪里还有心思活啊！眼睛里中了你的子弹，他太伤心了。哎唷，圣母玛丽亚，好大的窟窿，你的枪多厉害！口径多大！连脑壳都打得下来！告诉你，奥斯·安东，我听见啪！啪！两响，便心上想：该死，他们在暗算我的排长了！接着又听见砰！砰！我就说：啊，英国枪响了，他还手了……——哎，勃罗斯谷，你还要我干什么呢？”

狗把他带到另外一个园地的墙下。

“哎哟！”勃朗陶拉岂沃大吃一惊的叫起来，“一箭双雕！竟有这等事！该死！这样看来，火药真是贵得很了，你用得这么经济。”

“怎么回事？快告诉我呀！”

“唉，排长，别装傻了！你打落了野味，要人给你捡起来……今天巴里岂尼律师的饭后点心可精彩啦。你要鲜肉吗？这里有的是！如今谁继承你呢？”

“怎么！梵桑丹洛也死了？”

“百分之百的死了。咱们干一杯吧！你毕竟是好心肠，不教他们受罪。你来瞧瞧梵桑丹洛：他还屈着一条腿跪着，头靠在墙上，好似睡在那里。俗话说：睡得像铅块一样；现在不是一颗铅子把他催眠了吗？……可怜的家伙！”

奥索听着掉过头去。

“你看他是真死了吗？”

“你好比桑比哀罗·高索①，不下手则已，一下手就完事，从来不用第二下。你瞧他的胸部，哪，在左边，跟维岂雷翁奈在滑铁卢中的子弹一样。我敢打赌，那颗子弹离开心脏不远了。一箭双雕……！啊！打枪二字，我从此不谈了。一枪一个……两颗子弹去了弟兄两个！……若有第三颗，一定把爸爸也打死的了……下回你成绩还要好呢！……奥斯·安东，真了不起！……凭我这样一条好汉，一辈子也没把警察来个一箭双雕！”

土匪一边唠叨一边察看奥索的手臂，用匕首把他衣袖割破了。

“这不算什么，可是这件大褂要高龙巴小姐费心了……嗯，这是什么呀？胸部的衣服怎么勾破了？没东西进去吧？不会的，要不然你怎么还会这样精神！……把手指动一下看看……我咬着你小手指，你觉得疼吗？……不顶疼？没关系，反正是保险了。让我替你把手帕和领带拿下来。啊，你的大褂可完啦……干么穿得这样漂亮呢？去吃喜酒吗？来，来，先喝几滴酒……为什么不带着葫芦呢？高斯人出门怎么能没有葫芦？”

---

① 桑比哀罗·高索为十六世纪高斯爱国志士，为反抗热那亚诸侯的统治而作战。其妻华尼娜·陶尔那诺为营救丈夫，私往热那亚谈判。但高索认为通敌叛国，乃大义灭亲，手刃其妻。高索卒被乡人维多洛伏兵刺死，今维多洛的名字在高斯等于卖国贼之同义字。

他包扎着伤口，又停下来嚷道：

“一箭双雕！弟兄俩都完了蛋！……神甫知道了才乐呢……一箭双雕！啊！契里娜这小鬼终究来了。”

奥索一言不答，脸白得像死人一样，手脚都打着哆嗦。

“契里。”勃朗陶拉岂沃叫道，“到墙背后瞧瞧去。”

孩子手脚并用的爬上墙，一看见奥朗杜岂沃的尸首，立刻画了个十字。

土匪又道：“这不算什么，再到对面去瞧瞧。”

孩子又画了个十字，怯生生的问：

“是您干的吗，叔叔？”

“我？我老了，不中用了。契里，这是奥索先生的大作，赶快向他道喜啊。”

契里娜说：“小姐真要快活死呢，奥斯·安东；她知道您受了伤一定很难过的。”

土匪裹扎完毕，说道：“奥斯·安东，契里娜把你的马给找回来了。你骑上马，和我一块儿上斯太索那绿林。谁要能把你找到才算本领呢。我们尽力服侍你就是了。可是到圣·克利斯丁纳十字架那边，我们得下来走路：那时你把马交给契里娜，让她骑了去通知小姐。你一路上可以把口信告诉她。对她什么都不用顾忌：她哪怕给人砍下脑袋也不会出卖朋友的。”接着他用柔和的语气又道：“好吧，你这个小贼婆，小流氓，你要被驱逐出教，你要受到诅咒！”原来勃朗陶拉岂沃和多数土匪一样迷信，以为称赞孩子祝福孩子会使他着魔的，因为神道有个坏脾气，专会作出与人的愿望相反的事。

“勃朗陶，你要我上哪儿去呢？”奥索嗄着嗓子问。

“你还不明白吗？你只有两条路可走：不是进监狱，便是进绿林。姓台拉·雷皮阿的可从来不认识上监狱的路。所以，奥斯

·安东，你就得进绿林！”

“啊！我所有的希望都完了！”奥索非常痛苦的叫着。

“你的希望？除了一箭双雕，你还希望什么鬼事……啊！他们怎么能把你打中的，他们那口气竟拖得那么长吗？”

“是他们先开枪的。”奥索回答。

“不错，我忘了……啪！啪！砰！砰！……一只手连放两枪，枪枪都中①！……要是还有比此更好的成绩，我情愿上吊的了！哪，好啦，你骑上去了……没走以前，你该去瞧瞧你的大作。跟伙伴不告而别总是失礼的。”

奥索把马踢了几下赶紧跑了，无论如何不愿意再去瞧他亲手打死的人。

土匪追上来抓着奥索的辔头，说道：“奥斯·安东，说句老实话，你可别生气，这两个可怜的年轻人使我心里很不好过。他们长得多漂亮……多扎实……多年轻！……我跟奥朗杜岂沃一同打猎不知打过多少次！……几天以前，他还送我一包雪茄……梵桑洛丹又老是那么快活……不错，你是做你应当做的事……并且成绩太好了，没有惋惜的道理……可是我，我跟你们的仇恨不相干……我知道你这么办是对的；一个人有了仇家，非打发不可。但巴里岂尼也是一个旧世家……现在可绝了后代！……而且是一枪一个！真不是好受的哇。”

勃朗陶拉岂沃一边对巴里岂尼一家致着诔词，一边把奥索，契里娜，和勃罗斯谷，急急忙忙带着往斯太索那绿林进发。

① 若有打猎的人不相信台拉·雷皮阿一箭双雕的事，不妨到萨尔丹纳（译者按：此系高斯城名，近阿雅佐）去打听一个当地最风雅最可爱的人，要他把左臂受了伤，在差不多同样的情形之下安然脱险的经过讲一遍。

一八

奥索从家里出发以后，高龙巴不久就得到探子的报告，说巴里岂尼弟兄俩在野外等着；她便焦急到极点。大家只看见她在屋内上上下下的乱跑，从厨房奔到替客人端整的卧房，一事不做而老是忙做一团，时时刻刻停下来，看看村上有无动静，有无异状。十一点光景，为数不少的一伙人骑着马进了比哀德拉纳拉；那是上校父女，仆役和向导等等。高龙巴接见之下，第一句就问："你们有没有看到我哥哥？"紧跟着她问向导走的是哪一条路，出发的时候是几点钟；听了向导的回答，她不懂怎么双方会没有碰到的。

向导说："也许你哥哥走的是高头的路，我们是从底下的一条路来的。"

高龙巴摇摇头，又盘问了一遍。她虽然天性刚强，在外人前面更加逞着傲气不愿意示弱，可没法遮掩不安的心绪。等到她说出讲和没成功，反而变了这样一个不幸的局面，客人也跟着她慌了，特别是丽第亚小姐：——她坐立不安，主张派人四出寻访；她的父亲说要亲自骑了马，带着向导去找奥索。客人一着急，倒反提醒了高龙巴做主人的责任。她勉强笑着，竭力劝上校用饭，找出无数的理由解释哥哥的晚归，但过了一会她自己又把那些理由推翻了。上校自以为男人应当安慰妇女，便也说出他的一番道理来：

“我敢断定台拉·雷皮阿是看到了什么禽兽，动了打猎的兴致；等会他一定满载而归。——哎，对啦，我们路上听见四声枪响，其中两声特别响，当时我对小女说：那准是台拉·雷皮阿在打猎。只有我那支枪才有这么大的声音。”

高龙巴脸色发白了，留神望着她的丽第亚，立刻懂得那是上校的猜测引起了她的疑心。高龙巴静默了几分钟，又性急慌忙的问，两声比较响的枪声是先听到的还是后听到的。但上校父女跟向导都没注意到这个要点。

到下午一点，高龙巴派去的人一个都没回来，她便鼓足勇气硬要客人坐下吃饭；但除了上校，谁也吃不下。只要广场上有一点儿小小的声音，高龙巴就赶到窗前，可是马上愁容满面的退回来，同时还愁容满面的和客人搭讪，但谁也没注意彼此说些什么，而且说话之间常常要静默老半天。

忽然大家听到一匹马飞奔的声音。

高龙巴站起来说：“啊！这一回可是我哥哥了。”

但一看到契里娜骑着奥索的马，她又惨然嚷道：“不好了，哥哥死了！”

上校的杯子从手里掉下了，奈维尔小姐大叫一声，他们都赶到门口。契里娜还没来得及下马，就被高龙巴轻轻一举，像根羽毛似的提了下来，紧紧的搂着，差点儿使她闭过气去。孩子完全懂得高龙巴的可怕的目光，一开口就说出《奥赛罗》合唱中的第一句：他活着呢①！

---

① 洛西尼与凡尔第均曾根据莎士比亚的《奥赛罗》作有歌剧，此处所指系洛西尼的作品，合唱在第二幕末。洛氏作品于一八一六年在拿波里初演，一八二一年在巴黎初演。

“那末他们呢?”高龙巴嗄着嗓子问。

契里娜用拇指和中指交叉着做了个十字。高龙巴惨白的脸上立刻泛起一片红晕，眼睛火剌剌的对巴里岂尼的屋子瞅了一眼，笑容可掬的招呼客人：“进去喝咖啡吧。”

土匪手下的小信差说的话可多呢。高龙巴把她的土话一五一十翻成意大利文，再由奈维尔小姐翻成英文，使上校咒骂的话说了不止一句，丽第亚的叹气不止一声；高龙巴却声色不动的听着，仅仅把大马色花纹的饭巾在手里绞来绞去，绞得稀烂。她把孩子的话打断了五六次，要她重复好几遍，说勃朗陶拉岂沃认为奥索的伤势决无性命之忧，比这个危险的伤口他见得多呢。末了，契里娜报告说奥索急切需要信纸，又要她告诉高龙巴，转致一位也许已经到了他家里的女客，请她没接到他的信以前切勿离开。孩子说：“这是他最操心的一点；我已经上路了，他又把我叫回去吩咐这件事。而这是他第三次吩咐了。”高龙巴听了哥哥的这个命令，不禁微微一笑，紧紧的握着奈维尔小姐的手；她却是哭做一团，认为这一节还是不给父亲翻译为妙。

高龙巴拥抱着奈维尔小姐，说道：“好朋友，我想你一定会陪着我，会帮助我们。”

然后她从衣柜里翻出一大堆旧被单旧布来裁剪，预备作绷带。看她炯炯有神的眼睛，兴奋的脸色，一忽儿镇静，一忽儿出神的状态，你简直说不上来，她为了哥哥受伤所担的心事，和为了歼灭敌人所感到的快意，究竟哪一种情绪占优势。她时而替上校倒咖啡，夸他煮咖啡的手段；时而把工作派给奈维尔小姐和契里娜，催她们缝绷带，卷绷带；然后她又不嫌絮烦的再问一遍契里娜，奥索的伤口是否使他很痛苦。她时时刻刻停下工作，和上校说：

“那两个敌人多厉害，本领多高强！……他只有一个人，受了伤，单凭一条手臂……却是把两个都打倒了。上校，你看这是何等的勇气！岂不是个英雄吗？啊！奈维尔小姐一个人生在你们那种太平地方，真是幸福啊！……你才没认识我哥哥呢！……我早说的：老鹰早晚会展开它的翅膀！……你被他那么温柔的气息骗过了……那是对你呀，奈维尔小姐……啊！要是他看见你为他这么费心，他真要……唉，可怜的奥索！”

丽第亚小姐并没做多少活儿，也想不出一句话好说。她父亲问为什么不赶紧去报官。他提到验尸官，和别的许多在高斯没有的制度。临了又问，那个救护奥索的、好心的勃朗陶拉岂沃先生的乡下别墅，是不是离比哀德拉纳拉很远，他能不能上那儿去看他的朋友。

高龙巴照例很冷静的回答，说奥索此刻在绿林中，有个土匪在那里照料他；倘若不先知道州长和法官们的态度，奥索贸然露面是危险的；但她会想办法请一个高明的外科医生私下去看看奥索。

她说：“上校，请你千万记着，你听见四声枪响，而你对我说过奥索的枪声是后听见的。”

上校完全不了解这一点，他的女儿只有抹着眼泪叹气的分儿。

等到一个凄惨的行列进村的时候，天色已经很晚。人家替巴里岂尼律师把儿子的尸首运回来，两个乡下人赶着两匹骡，每匹骡上横着一个死尸。一大群闲人和巴里岂尼家的佃户跟在凄凉的行列后面。和他们一块儿来的还有那些永远迟到的警察；副村长举着胳膊，不住的嚷着：“州长前面怎么交代呢？”几个妇女，一个是奥朗杜岂沃的奶妈，都扯着头发，像野人般的嚎叫。但她们大叫大嚷的痛苦，还不及另外一个人默默无声的绝望来得惊心动魄。那便是可怜的父亲，他在两个尸首中间走来走去，捧着他们沾满污泥的头，吻着他们青紫的嘴唇，举起他们僵硬的四肢，仿佛怕它们碰到地下的石头。有时他张着嘴，可是一声都喊不出来，一句话都说不上来；只是眼睛盯着尸首，一路跌跌撞撞的蹴着树根，石子，和别的障碍物。

一看见奥索家的屋子，妇女的号恸与男人的诅咒更提高了声音。有几个台拉·雷皮阿家的牧人得意忘形，喊了几声；敌人听着怒不可遏，也叫起来："报仇呀！报仇呀！"同时有人扔着石子，还有两颗子弹朝着高龙巴和客人坐着的屋子飞过来，打进护窗，把碎木片直飞到两位小姐面前的桌上。丽第亚吓得尖声怪叫；上校抓着枪，没来得及拉住高龙巴，她已经抢出去气势汹汹的把大门打开了，站在门槛上，伸着两手骂敌人：

"不要脸的东西！你们向妇女开枪，向外国人开枪！你们还能算高斯人吗？还能算人吗？混蛋！只会在背后暗算人，我才不怕你们呢。我只有一个人，哥哥不在家。你们来杀我吧，杀我的客人吧，你们只会干这种事……无耻东西，谅你们还不敢呢！你们知道我们今天是报仇。哭吧，哭吧，像女人一样的去哭吧，我们没多要你们的血，还该谢谢我们呢！"

高龙巴的声音，态度有种威严与杀气，把众人吓得往后退了，好像见了凶神恶煞，跟高斯人冬天晚上讲的可怕的故事中的鬼神一样。副村长，警察，和几个女人，趁此机会抢进来把双方隔离了；因为雷皮阿方面的牧人已经在预备武器，很可能就在广场上大打出手，混战一场。但当时双方都群龙无首；而高斯人便是愤怒的时候也很守纪律，内战的主角不在场，不大会打起来的。并且高龙巴因为得胜了，反而变得谨慎，也按捺着手下的人。她说：

"让那些可怜的人去哭吧；留下那老头儿的狗命吧。老狐狸牙齿没有了，杀他干么？——喂，瞿第斯·巴里岂尼！你该想到八月二日那一天，想到那本血淋淋的小册子，你胆敢假造我父亲的笔迹！他在那张纸上记着你的血债；现在你的儿子替你还了。老巴里岂尼，这一回我算跟你清账了！”

高龙巴抱着手臂，浮着轻蔑的笑容，眼看两个尸首扛进了敌人的屋子，众人也跟着慢慢的散了。她关了门，回到客厅，和上校说：“先生，我代我的同乡跟你道歉。高斯人会对一个有外国人住着的屋子开枪，我从来也没想到。我为我的本乡惭愧死了。”

晚上，丽第亚进了卧房，上校跟进去问她，村上情形这么紧张，随时可能受到流弹，要不要第二天就走，趁早离开这个只有谋杀与暗算的地方。

丽第亚小姐沉吟了半晌，父亲的提议显然使她很为难。最后她说：

“现在这位年轻的姑娘正需要人家安慰，怎么能把她丢下呢？父亲，你不觉得太忍心吗？”

“孩子。”上校回答，“我这么说是为了你；倘若你太平无事的待在阿雅佐旅馆里，那末我没有跟台拉·雷皮阿见面以前，决不肯离开这该死的岛。”

“既然这样，父亲，咱们就等着瞧吧；没走以前，先得知道我们是不是一点不能帮他们的忙。”

“你的心真好！”上校亲了亲女儿的额角，“我很喜欢看到你肯牺牲自己，减轻一些别人的痛苦。咱们留着吧；一个人做好事决不会后悔的。”

丽第亚小姐在床上翻来覆去，睡不着觉。有时，她听见模模糊糊的声音，便以为敌人要来攻打屋子了；有时她觉得自己很安全，但想着可怜的受伤的奥索这时躺在冰冷的地上，除了一个土匪的照料以外得不到一点儿别的看护。她想象他血迹斑斑，在痛苦中呻吟转侧；奇怪的是，她每次看到奥索的形象，始终是临别那天拿她的符咒凑在嘴边亲吻的模样……接着她又想到他的英勇，以为他今天的冒险是为了她，为了要早一些和她相见。想到后来，差不多认为奥索是为保卫她而受伤的了。她便埋怨自己，但是更佩服他了；即使所谓一箭双雕在她心目中不像在勃朗陶拉岂沃和高龙巴眼里那么了不起，她也觉得很少小说中的英雄，在这样危险的场合表现得这样勇猛，这样冷静的。

她睡的是高龙巴的卧房。在一条橡木的跪凳[1]高头，墙上挂着一张祝福过的棕树叶，旁边还有一幅奥索的小型画像，穿着少尉的服装。奈维尔小姐把画像拿下来端详了半天，结果放在床侧，没有归还原处。她直到东方初动才阖眼，醒来太阳已经很高了。她看见高龙巴站在床前，一动不动的等着她醒来。

“嗳，小姐。”高龙巴招呼她，“你在我们这种寒伧的家里，不觉得太不舒服吗？我怕你根本没睡着。”

奈维尔小姐坐起来，说：“好朋友，可有他的消息吗？”这时她才发觉奥索的肖像摆在床侧，便拿一条手帕扔在上面。

“有的。”高龙巴笑着回答。

然后她拿起肖像，又道：“你认为画得像不像？他人比这个好看多呢。”

“天哪！……”奈维尔小姐很难为情，“我无意中把它摘了下来……我有个坏习惯：什么东西都要动一下，不知道归还原处……你哥哥怎么啦？”

“还好。琪奥耿多今天早上四点以前到这儿来过，送来一封信……是给你的，丽第亚小姐；奥索没有写信给我。封套上写着：交高龙巴；但下面注明：转交N小姐。你放心，做妹妹的决不嫉妒。琪奥耿多说他写信的时候痛苦极了。琪奥耿多写得一手

① 跪凳为教徒跪着作祷告的凳子。

好字，提议教奥索口述，由他代笔。他却不愿意，自己拿着铅笔，仰躺着写的。勃朗陶拉岂沃替他拿着纸。我哥哥一边写一边老是想把身子仰起来，可是稍微动一下，手臂就痛得不得了。琪奥耿多说真教人看了可怜。这便是他的信。”

奈维尔小姐开始看信，大概为了谨慎关系，信是用英文写的。内容是：

“小姐，劫数难逃，我竟到了这个地步；我不知道敌人们会说些什么话，造些什么谣言。只要你，小姐，只要你不相信，我就什么都不在乎。自从见了你以后，我做着不少荒唐的梦；直要这次闯了祸，我的理性才恢复过来。我看清了自己的前途，我认命了。你给我的戒指，我一向当作幸福的符咒，现在不敢再保留了。奈维尔小姐，我怕你后悔把这件礼物送错了人，我也怕它使我想起自己的疯魔。因此我教高龙巴把戒指奉还……小姐，从此告别了，你即将离开高斯，我不会再看见你了；可是希望你告诉舍妹，说我还得到你的敬意，而我也敢肯定的说，我始终没有失掉这资格。

O·D·R”

丽第亚看信时把头掉在一边；仔细看着她的高龙巴拿戒指交给她，同时用眼睛的表情问她是什么意思。但丽第亚小姐连头都不敢抬起来，只是非常悲伤的瞧着戒指，一忽儿戴在手上，一忽儿脱下来。

“亲爱的奈维尔小姐。”高龙巴说，“能不能让我知道哥哥说些什么？有没有提到他身体的情形？”

“噢……”丽第亚脸上一红，“他没有提……他的信是用英文写的……要我对父亲说……希望州长能够想办法……"

高龙巴狡猾的笑了笑，坐在床上，拿着奈维尔小姐的两只手，用那双锐利的眼睛瞅着她，说道："你肯发个慈悲回他一封信吗？那他才快活呢！早上信送到的时候，我想来叫醒你的，可是我不敢。"

"那是你多虑了。"奈维尔小姐回答，"倘使我写几个字能使他……"

"现在没法再着人送信了。州长已经回来，村上全是他武装的卫兵。咱们以后再瞧着办吧。啊！奈维尔小姐，倘若你像我一样认识我哥哥的为人，你也会像我一样的爱他。他心多么好！多么勇敢！你想他何等英雄！一个人敌两个人，还带着伤！"

州长回来了。他得到副村长的专差通知，便带着警察，巡逻兵，检察长，执达吏等等，来调查这件惊人的事故；它把比哀德拉纳拉两家的仇恨搅得愈加复杂了，或者可以说根本结束了。他到不多时，就见着上校父女，表示他很担心这案子的结局不妙：

"第一，那场恶斗没有证人；两个可怜的青年又是出名的好枪手，谁都不相信台拉·雷皮阿先生一个人就能把他们打死，听说他现在逃在土匪那儿，人家疑心他得到他们的帮助。"

"那怎么可能！"上校叫道："奥索·台拉·雷皮阿是个血性男子，我可以担保的。"

"我也相信他。"州长说，"但检察长的看法对他不大有利，那些人是永远怀疑的。他还拿到一封信，对你们的朋友很不好。那是给奥朗杜岂沃的恐吓信，与他约期相会……而这约会在检察长看来便是设计埋伏。"

上校说："可是奥朗杜岂沃不肯堂堂正正的应战啊。"

"这儿不兴这一套。本地的风俗是暗中埋伏，背后杀人。对台拉·雷皮阿先生有利的证人固然也有一个，那是个小女孩子，说听到四声枪响，后面两响比前面两响声音更大，很像是台拉·雷皮阿先生的大口径的枪放的。不幸这孩子是土匪的侄女，土匪又被疑为帮凶，所以孩子的话是靠不住的。”

“先生。”丽第亚打断了州长的话，脸红耳赤，连眼白都红了，“放枪的时候，我们正在路上，听到的枪声也是这个情形。”

“真的吗？那可是非常重要的。上校，你也必定注意到吧？”

“是的。”奈维尔小姐抢着把话接了过去：“家父对武器很有经验，当时便是他说的：呦！台拉·雷皮阿先生用到我的枪了。”

“你熟悉的枪声的确是后听见的吗？”

“是后听见的，可不是，父亲？”

上校记忆力不大好，但他无论如何不愿意与女儿抵触。

“那末，上校，你应该马上去告诉检察长。我们等一个外科医生晚上来验尸，他可以查看两个伤口是否你说的那支枪发的。”

上校说道：“那原是我送给奥索的，可惜我没把它沉在海里……噢，我的意思是说……我很高兴那家伙落到勇敢的奥索手中，要没有我那支芒东，我简直不知道他怎么能逃过那一关。”

一九

外科医生到得很晚，因为半路上出了些古怪的事。他碰见琪奥耿多·加斯德里高尼，被他非常恭敬的请去救护一个受伤的人，带到奥索那儿，动了手术。然后那土匪送了他好一程路，提到比士几个最有名的教授，据说都是他的熟朋友，使医生听了印象很深刻。

神学家和他告别的时候又道："先生，我非常敬重您，所以医生应当像忏悔师一样守口如瓶那一类的话，用不着再和您提了。"说着他把枪上的机钮扳弄了几下，"我们遇到您的地方，您还是忘了的好。再见了，非常荣幸能够认识您。"

高龙巴央求上校去参加尸体解剖，她说：

"家兄的枪，你比谁都熟悉；你能到场一定大有用处。地方上恶人那么多，要没有我们这方面的人出场辩护，真是危险的。"

家里只剩下丽第亚小姐了，高龙巴就说头疼得厉害，约她到村子外面去散散步。

她说："换换空气可以使我舒服一点，我好久没呼吸新鲜空气了！"她一边走一边谈着哥哥的事；丽第亚对这个题目也感到相当兴趣，没觉得已经和比哀德拉纳拉离得很远。太阳下山了，她才和高龙巴提到时间已晚，劝她回去。高龙巴说认得一条小路，回去可以近得多：于是她拣了一条人迹罕经的小道，又爬上一个险陡万分的山坡，一手攀着树，一手拉着同伴。走了好一会，她们俩登上一片小小的高地，到处是番石榴和杨梅树，还有大块的花冈石矗立在泥土外面。丽第亚小姐觉得疲倦不堪；村子还望不见，天色倒差不多黑了。

她说："亲爱的高龙巴，我怕我们是迷路了。"

高龙巴回答："别怕，跟我走就是了。"

"可是我准知道你走错了；村子不在那方面。我敢打赌，我们正朝着相反的方向走。你瞧，远远的有灯火的地方才是比哀德拉纳拉。"

"好朋友。"高龙巴神色很紧张，"你说得不错；可是再往前两百步……在那个绿林中间……"

"怎么呢？"

"……就是我哥哥所在的地方；倘使你愿意，我可以看到他，拥抱他。"

奈维尔小姐作了个大为惊讶的姿势。

高龙巴接着说："我从比哀德拉纳拉出来没有被人注意，因为和你在一起……要不然人家会跟着我的……和他离得这么近了，难道不见他一面吗？为什么你不跟我一同去看我哥哥？那他才喜欢呢！"

"可是，高龙巴……在我方面，这是有失体统的。"

"我懂得。你们城里女子老是顾到体统，我们乡下女人只问事情对不对。"

"天这么晚了！……你哥哥又要对我作何感想呢？"

"他会想到朋友们并没把他置之脑后，这一点就能减少他的痛苦。"

"还有我父亲，他不要急死了吗？……"

“他知道你和我在一起……好吧，你决定吧……”高龙巴又俏皮的笑着，补上一句：“可是你今天早上还看他的肖像呢。”

“真的，高龙巴，那不行……我不敢……那边还有土匪……”

“呕！那些土匪又不认得你，有什么关系？你不是早想看看土匪吗？……”

“我的天哪！”

“快点儿，小姐，你决定吧。我不能把你一个人丢在这里，谁知道会出点什么事！要就一块儿去看看奥索，要就一块儿回家……以后我再想法去看哥哥……天知道什么时候……也许永远见不到了……”

“这是什么话呀，高龙巴？……好，咱们去吧！可是只能待一分钟，马上回家。”

高龙巴一言不答，握了握她的手，开始向前了；她跑得那么快，丽第亚小姐竟不容易跟上。幸而高龙巴不久就停下来说：

“没通知他们以前，咱们不能再往前了，不然很可能被他们打上一枪的。”

于是她拿手指放在嘴里打了个唿哨；过了一会，听见一声狗叫，土匪的步哨跟着就出现了。那便是我们的老相识勃罗斯谷，它立刻认出了高龙巴，替她引路。她们在绿林的小路中拐了许多弯，迎面遇到两个全副武装的人。

“是你吗，勃朗陶拉岂沃？”高龙巴问，“我哥哥在哪儿？”

“就在那边。”土匪回答，“你轻轻的走过去：他睡着呢。出事以后，这还是他第一次睡着。我的天！你真了不起；的确，魔鬼能去的地方，女人也能去。”

两个妇女小心翼翼的上前。土匪他们生着火，用石头堆起一堵小小的墙遮掩火光。她们看见奥索躺在火旁一堆凤尾草上，盖着一件厚大衣，脸色苍白，呼吸很难。高龙巴过去坐在他身边，合着手静静的瞧着他，仿佛心中作着默祷。丽第亚小姐把手帕蒙着脸，紧紧的挨着她，但不时把头抬起，从高龙巴背后瞧着受伤的人。大家不声不响的过了一刻钟。神学家对勃朗陶拉岂沃递了个暗号，两人便钻进树林，使丽第亚大大的松了口气；破题儿第一遭，她觉得土匪的络腮胡子和那种装束地方色彩太浓了。

终于奥索身子扯动了一下。高龙巴立即伛下去把他拥抱了好几次，一叠连声的问他伤口怎么样，痛得怎么样，是不是需要什么。奥索回答说一切都很好，接着也提出许多问话，问奈维尔小姐是否还在比哀德拉纳拉，是否有信给他。高龙巴弯着身子，把丽第亚整个儿遮掉了；并且四下里黑沉沉的，也不容易让奥索辨认出来。她一边抓着奈维尔小姐的一只手，一边把奥索的头举高了一些，回答说：

“不，哥哥，她没有托我带信给你……你老想着奈维尔小姐，你真的很爱她吗?”

“还用说吗，高龙巴！……可是她呀……现在她瞧不起我了！”

那时奈维尔小姐挣扎着想把手抽回，但要挣脱高龙巴的掌握是不容易的；她的手虽小，也长得很好看，但它的气力以前已经表现过了。

“瞧不起你！”高龙巴嚷道，“你干了那样的事，倒会瞧不起你！……相反，她说了你许多好话……啊！奥索，关于她，我有好些事要告诉你呢。”

丽第亚始终想把手缩回去，但高龙巴拉着它越来越靠近奥索。

奥索说：“可是为什么不复我的信呢？……只要几个字，我就觉得安慰了。”

高龙巴尽拉着奈维尔小姐的手，终于把它放在哥哥手里；然后哈哈大笑，说道：

“奥索，小心点儿，别说丽第亚小姐的坏话，我们高斯的土语，她都懂的。”

丽第亚马上把手抽回，支吾其辞的说了几个字。奥索以为是做梦了。

“你在这里吗，奈维尔小姐？天哪！你怎么敢的？啊，我真快活极了！”

他挣扎着抬起身子，想靠近她。

丽第亚说：“我是陪你妹妹来的，免得人家疑心她的行动……并且我也要看看……哎唷！你在这儿多么不舒服啊！”

高龙巴坐在奥索背后，很小心的把他的头放在自己膝上。她拿手臂绕着他的脖子，示意丽第亚要她近前。

“再靠近些！再靠近些！不能教病人说话太高声啊。”她说着，看见丽第亚小姐迟疑不决，便抓着她的手拉过来，使她的衣衫碰到了奥索的身体，而她那只始终被高龙巴握着的手也放在了奥索肩上。

“这样他就很舒服了。”高龙巴神气很高兴，“奥索，不是吗？在这样一个幽美的夜晚，待在绿林中间，睡在帐篷底下，多有意思！”

“噢，是的！这个幽美的夜晚！我永远忘不了的！”奥索回答。

“你真是受苦了！”奈维尔小姐说。

“我现在不觉得苦了。”奥索回答，“我真想死在这儿。”

他把右手移过去，靠近丽第亚小姐那只始终被高龙巴抓着的手。

丽第亚说：“台拉·雷皮阿先生，我们非把你搬一个地方，好好看护你不可。看到你躺在露天……这样不舒服……我怎么还睡得着觉呢?”

“要不是怕遇到你，奈维尔小姐，我早回到比哀德拉纳拉自首去了。”

“奥索，你为什么怕遇到她呢?”高龙巴问。

“我没听从你的话，奈维尔小姐……我不敢在这个时候见到你。”

高龙巴笑道：“你瞧，丽第亚小姐，你把我的哥哥要怎么就怎么。以后我不让你看到他了。”

奈维尔小姐说：“我希望这件不幸的事很快就有个水落石出，使你不必再顾虑。我们走的时候，倘若法院能公平解决，承认你光明正大，承认你勇敢，我就很高兴了。”

“你已经要走了，奈维尔小姐？请你别提这个话。”

“那有什么办法！……家父不能老是打猎的……他想动身了。”

奥索把手挪开，不再搁在丽第亚小姐手上。大家沉默了一会。

然后高龙巴说：“我们不让你走得这么快的。在比哀德拉纳拉，我们还有很多东西要给你们看……你答应替我画像，根本还没动手……我也答应替你作一支七十五联句的赛莱那太……再说……呕，为什么勃罗斯谷叫起来了？……勃朗陶拉岂沃也跟着奔去了……让我去瞧瞧是怎么回事。”

她立刻站起来，老实不客气把奥索的头放在奈维尔小姐的膝上，跟在土匪后面奔过去了。

奈维尔小姐扶着一个俊美的男子，在绿林中和他单独相对，自己也觉得有点儿诧异，不知道怎么办了；她怕突然抽身使受伤的人叫痛。但奥索把妹妹替他安排的这个舒服的靠枕自动放弃了，抬起半个身子：

“这么说来，丽第亚小姐，你不久是要走了？我也认为你们不应当在这个可怜的小地方多逗留……可是……自从你来到这儿以后，一想到要和你分别，我就格外难过……我是一个穷酸的中尉……没有前途……现在又变了亡命之徒……而偏偏在这个时候我要和你说我爱你……可是要告诉你这句话，恐怕只有这个机会了；如今把心事说了出来，我倒觉得好过些了。”

丽第亚小姐掉转着头，仿佛在黑暗里还怕显出脸上的红晕。

“台拉·雷皮阿先生。”她声音发抖了，“我怎么会到这地方来呢，要是……”她一边说一边把埃及戒指放在他手里。然后她竭力压着感情，用平时说笑的口吻：

“奥索先生，你不该说这种话……在绿林中间，周围还有土匪，你知道我决不敢对你生气的。”

奥索把身子挪动了一下，想亲她那只把戒指交还给他的手；不料丽第亚的手缩得太快了，他失了重心，竟合扑在受伤的臂上，哼哼唧唧的叫起来。她赶紧扶着他，问：“朋友，你痛吗？……怪我不好！对不起……”他们俩又低声谈了一会，彼此靠得很紧。高龙巴急急忙忙奔回来，发觉他们的姿势仍旧和她走开的时候一样。

“巡逻兵来了！”她嚷道，“奥索，想法站起来走路，我来帮你。”

“你们走吧。”奥索回答，“教两个土匪快逃……让人家把我逮走，没关系；可是你得带着丽第亚小姐，天哪，无论如何不能给人看见她在这里！”

跟在高龙巴后面的勃朗陶拉岂沃接着说：“我不能丢下你的。巡逻队队长是巴里岂尼律师的干儿子，他可能不逮捕你而把你当场打死，事后推说是出于无意。”

奥索挣扎着站起来，居然走了几步；但不久就停下了：

“我走不了。你们快逃吧。再见了，奈维尔小姐；来和我拉拉手，再见吧！”

“我们决不离开你的！”两个女子一齐叫着。

勃朗陶拉岂沃便说：“你要不能走，我就抱着你走。来，排长，拿点勇气出来。我们还来得及从后面的低地上溜。神甫会把他们挡上一阵的。”

“你们别管我。”奥索说着，躺在了地下，“哎哟，赶快把奈维尔小姐带走啊！”

“高龙巴小姐。”勃朗陶拉岂沃说，“你很有气力；你扛他的肩头，我扛他的脚；——好，咱们走吧。”

不管奥索怎么推却，他们把他很快的抬着走了；丽第亚小姐跟在后面，吓坏了；忽然一声枪响，立刻招来了五六枪。丽第亚小姐叫了一声，勃朗陶拉岂沃咒了一声，但他加紧脚步；高龙巴也跟着他在树林中拚命的跑，根本不觉得树枝擦着她的脸，勾着她的衣服。

她招呼丽第亚：“朋友，弯着身子走呀，你不怕流弹吗！”

大家这样连奔带跑的走了四五百步，勃朗陶拉岂沃说了一声吃不消，立刻倒在地下，不管高龙巴怎样的鼓励和埋怨。

“奈维尔小姐在哪儿呢？”奥索问。

奈维尔小姐被枪声一吓，又时时刻刻被密林挡着去路，和三个逃亡的人失散了，独自心惊胆战，留在后面。

勃朗陶拉岂沃回答奥索：“她落在后面了；没关系，女人不会迷路的。奥斯·安东，你听啊，神甫拿着你的枪玩得很热闹。可惜什么都看不见，黑夜里乱放一阵不会有什么死伤的。”

“嘘！”高龙巴叫起来：“我听见有匹马的声音，咱们得救了。”

果然，有匹马在绿林中走过，被枪声吓坏了，正在向他们走来。

“咱们得救了！”勃朗陶拉岂沃也跟着说。

他跑去找着马，一把抓着鬣毛，用根打结的绳子套在它嘴里当作缰绳：这些事由高龙巴帮着一刹那就办妥了。他说：“得通知一声神甫。”

于是他打了一声唿哨，只听见远远的回了一声，芒东长枪的粗嗓子也跟着静默了。勃朗陶拉岂沃上了马；高龙巴把哥哥横放在勃朗陶拉岂沃前面；他一手抱着人，一手拉着缰绳。那匹马虽然载了两个人，但腹上挨了两脚，立即迈开大步，往险陡的斜坡直冲下去。在这种地方，只有高斯的马才能飞奔而不至于跌死。

高龙巴一路回头走，一路直着嗓子唤奈维尔小姐，始终没有回音……她胡乱走了一会，想寻来时的旧路，不料在一条小道中遇到两个巡逻兵，对她吆喝道：“站住！”

“啊，诸位先生。”高龙巴俏皮的说，“你们砰砰訇訇，热闹得很！到底打死了几个啊？”

一个兵回答：“你和土匪在一起，我们要把你带走。”

“好啊；可是这儿我还有一个女朋友，先得找着她。”

“她已经给抓住了；等会你跟她一块儿睡到监狱里去。”

“监狱？嘿，走着瞧吧。先把我带到她那边去再说。”

巡逻兵带她到土匪们刚才扎营的地方。士兵的战利品都堆在那儿，就是盖在奥索身上的厚大衣，一只破锅子，一个装满水的瓦罐。奈维尔小姐也在那里。她被大兵们撞着了，吓得半死：他们问她一共有几个土匪，往哪条路上逃的，她一声不出，只管掉眼泪。

高龙巴扑在她臂抱里，咬着她的耳朵：“他们逃掉了。”

接着她对巡逻队的班长说：“先生，你看她完全不知道你问她的事。让我们回村子吧，人家等我们等急了。”

班长回答：“会带你们去的，我的乖乖，也许你还嫌去得太早呢。你们还得解释，在这种时间待在绿林中和在逃的土匪干些什么。那些强盗不知有什么妖法，真会迷女人；只要有土匪的地方，就有漂亮女人。”

高龙巴回答：“班长，你倒会奉承，可是你说话还是留神一些的好。这位小姐是州长的亲戚，别跟她胡说八道。”

“州长的亲戚！”一个巡逻兵喃喃的向着他的长官说：“不错，她还戴着帽子呢。”

“帽子有什么用！她们俩都跟神甫在一起，那家伙在本地最会勾引女人了。我责任攸关，应当把她们带走。咱们在这儿没事了。要不是该死的多邦上士……那个法国酒鬼，没等我把绿林包围好就抢着跑出来，我早把他们一网打尽了。”

“你们一共有七个人吗？”高龙巴问，“喂，诸位，要是甘皮尼，萨洛契，丹沃陶·包利三弟兄，跟勃朗陶拉岂沃和神甫，在圣·克利斯丁纳十字架那儿碰在一起，倒要你们大大的费一番手脚呢。你们和乡下司令①谈天的时候，我可不愿意在场。黑夜里枪弹是不认得人的。”

想到可能碰上高龙巴说的那般可怕的土匪，巡逻兵不由得心里一震。班长嘴里不住的咒着那个混账法国人多邦上士，一边下令撤退。他的一小队人马带着大衣和锅子，向比哀德拉纳拉进发了；至于那个水罐，被他们一脚踢破了事。有个巡逻兵想去搀丽第亚小姐的手臂，被高龙巴推开了，说道：

“谁都不准碰她！你以为我们想逃吗？得了，丽第亚，靠在我身上吧，别像小娃娃似的尽哭了。这也是一段小小的奇遇，结果不会有什么事的；要不了半个钟点，我们可以吃晚饭了。我肚

① 此系丹沃陶·包利自称的头衔。

子饿得很哪。”

“人家要对我作何感想呢?”奈维尔小姐轻轻的说。

“他们以为你是在绿林中迷了路，不就完了吗?”

“州长又要怎么说呢?……尤其是我的父亲?”

“州长吗?……你教他别管闲事，只管他的衙门吧。至于你的父亲……照你刚才和奥索谈话的态度，我想你一定有话跟你父亲说的。”

奈维尔小姐把她的手臂捏了一下，不作声了。

高龙巴又喃喃的咬着她的耳朵:“不是吗?我的哥哥的确值得人家的爱。你不是也有点儿爱他吗?”

“啊!高龙巴。”奈维尔小姐虽然难为情，也不禁微微的笑了，“你给我上当，我可是多么相信你的!”

高龙巴伸出手臂搂着她的腰，亲了亲她的额角:

“小姊姊。”她轻轻的说，“你原谅我吗?”

“怎么不原谅呢?可怕的姊姊!”丽第亚也还了她一吻。

州长和检察长住在副村长家;上校为了女儿十分挂心，已经来问过一二十次消息。最后他又在那里探问，正好一个巡逻兵奉了班长之命先来报告，说和土匪们恶战了一场，没有死伤，但掳获了一件大衣，一只锅子，和两个姑娘，据他说，她们要不是土匪的情妇，便是土匪的奸细。报告完毕，两个女的俘虏也由一队武装的士兵簇拥着出现了。那时高龙巴的得意，丽第亚的羞愧，州长的惊奇，上校的诧异与欢喜，都是不难想象的。检察长有心捉弄，把可怜的丽第亚盘问得狼狈不堪方始罢休。

州长说:“我看这两位都可以释放。两位小姐在外边散步，那在这样美好的天气是不足为奇的;她们偶然遇到一个可爱的受伤的青年，那也不足为奇。”

然后他把高龙巴拉过一旁，说道:

“小姐，你可以通知令兄，说他的案子出乎我意料之外，形势转好了。验尸的结果，上校的供词，都证明他只是回击，而且当时只有他一个人。所以一切都没问题，但他必须赶快离开绿林，自行投案。”

等到上校，丽第亚，和高龙巴坐上桌子，吃那顿菜都凉了的晚饭，已经是夜里十一点了。高龙巴胃口极好，把州长，检察长，巡逻兵，都取笑了一阵。上校吃着东西，一声不出，老望着女儿；她却是把头埋在盘子里，不敢抬起来。临了，他用英文和女儿说，声音又温柔又严肃：

“丽第亚，你是不是和台拉·雷皮阿订婚了？”

“是的，父亲，就是从今天起的。”她红着脸，可是语气很坚决。

然后她抬起眼睛，看见父亲脸上没有一点气恼的表示，便扑在他怀里把他拥抱了，那是有教养的小姐在这种情形之下应有的举动。

“好啊。”上校说，“他是个有为的青年；可是天哪！我们决不能留在这个鬼地方！否则我就不同意。”

“我不懂英文。”高龙巴望着他们，好奇到极点：“可是我敢打赌，你们说的话我都猜着了。”

上校回道：“我们说要把你带到爱尔兰去旅行一次。”

“再好没有，那时我要变作高龙巴小姑了。上校，这算是确定了吗？咱们是不是彼此拍拍手呢？”

上校回答：“在这种场合，咱们要拥抱才对。”

二〇

自从那一下一箭双雕，使比哀德拉纳拉村像报上说的群情惶惑以后几个月，某天下午，有一个年轻人，左肩用带子吊在颈上，骑着马走出巴斯蒂阿城，向加尔陶村进发；那是以温泉出名的地方，夏天有很好的饮料供给一般身体娇弱的人。一个身材高大，姿色出众的少女，骑着一匹小黑马陪着他；内行人一看就会赏识那匹马的力气与身段，可惜它以前遇到一件非常古怪的事，一只耳朵被撕裂了。到了村上，女的很轻盈的跳下来，先扶着同伴下马，再把系在鞍头上的几只沉重的皮袋卸下。牲口交给一个乡下人看管了，少女却捧着皮袋藏在面纱底下，年轻人背着一支双膛枪，拣一条陡峭的小路上山，那路好像不是通到什么住家去的。到了葛尔岂沃峰下的某一层梯台，两人就坐在草上像等人的模样，眼睛不住的望着山里边；少女还常常瞧着一只美丽的金表，或许一方面是要知道约会的时间有没有到，一方面也要把这件似乎新到手的饰物欣赏一下。他们并没等得太久。绿林中先钻出一条狗，听见少女叫着勃罗斯谷的名字就赶到他们身边表示亲热。不多一会，又出现了两个满面胡子的男人，臂下挟着长枪，腰里围着弹药带，侧里插着手枪。到处都是补钉的破衣服，和大陆上名厂出品的冷光闪闪的武器正好成为一个对比。这一幕中的四个人，虽则身份不同，却是很亲热的走拢来，像老朋友一般。

两个土匪中年长的一个说道：“啊，奥斯·安东，你的案子结束了。不起诉处分。恭喜恭喜。可惜律师不在岛上了，看不见他那副气得发疯的样子。你的手臂怎么啦？”

“不出半个月。”年轻人回答，“据说可以不用吊带了。勃朗陶，我的好朋友，明儿我就要上意大利，我要跟你和神甫告别，所以约你们来的。”

“你真是急得很。”勃朗陶拉岂沃说：“今天宣告无罪，明天就走了吗？”

“我们有事啊。”少女说话的神气很高兴，“诸位，我替你们带着晚饭来了：请吧，可是别忘了我的朋友勃罗斯谷。”

“小姐，你把勃罗斯谷宠坏了，但它一定很感激的。你瞧吧。——来，勃罗斯谷。”他一边说一边把枪横着伸出去，“为巴里岂尼他们跳一下。”

狗呆着不动，只舐着嘴瞧着主人。

“为台拉·雷皮阿跳一下！”

它立刻跳了，还比枪高出一尺。

“朋友们。”奥索说，“你们干的这一行太苦了：将来不是断送在我们远远看到的那个广场上①，便是在绿林中吃了警察的枪弹完事，那还算是最好的下场呢。”

“哎！”加斯德里高尼说，“那不是一样的死吗？比躺在床上害着热病死，听着你的承继人半真半假的哭哭啼啼，还痛快多呢。像我们这样过惯露天生活的人，最大的福气是临死不要像乡下人说的讨床席债。”

奥索又道：“我希望你们离开这个地方……过一种比较安静

① 此系巴斯蒂阿城行刑的广场。

的生活。比如说，你们干么不像好几个同伴一样，住到萨尔台涅①去呢？我可以替你们想办法。”

“萨尔台涅！”勃朗陶拉岂沃嚷道，“他们的土话就教我听了有气。我们跟他们合不来的。”

“而且萨尔台涅也没生路。”神学家补充道，“我吗，我瞧不起那里的人。为了抓土匪，他们在民团中组织了马队；那才教土匪和老乡看了一齐笑话呢②。萨尔台涅，滚它的蛋！台拉·雷皮阿先生，像你这样风雅而博学的人，尝过了我们绿林生活的滋味，还不愿意参加，倒教人奇怪呢。”

奥索笑着说：“虽然我很荣幸参加过你们的生活，可并不太欣赏那趣味；那美妙的一夜，勃朗陶拉岂沃把我当作包裹般横在一匹没有鞍头的马上：我一想到腰里就疼了。”

“逃出追兵的罗网，难道你不得意吗？”加斯德里高尼接着问，“凭着我们岛上这种美好的天气，过着绝对自由的生活：怎么你会看了无动于衷的？拿了这个法宝（他指着他的枪），我们在枪弹射程以内到处称王。你可以发号施令，可以除暴安良……先生，这的确是极道德的，也是极有意思的消遣，我们决不放弃的。既然武装与头脑都胜过唐·吉诃德，还有什么生活比流浪骑士的生活更美？没几天以前，人家告诉我小姑娘丽拉·鲁琪的叔叔不愿意给她一份陪嫁，因为那老头儿是个吝啬鬼；我便写信给他，没有一句恐吓的话，那不是我的作风；哎！他马上醒悟了，把侄女出嫁了。你瞧，我一举手就造成了两个人的幸福。奥索先生，你可以相信我的话，世界上没有一种生活比得上土匪的生活。哎！你没有和我们做同道，大概是为了一个英国女子；我只

① 萨尔台涅为意属岛屿，在高斯岛之南。

② 作者有个朋友从前当过土匪，这些都是他的议论。他的意思是说，落在骑兵手中的土匪都是没出息的傻瓜；用马队剿捕土匪是没有结果的。

约略看过一眼，但巴斯蒂阿的人都把她夸得天仙似的。”

高龙巴笑道：“我未来的嫂子不喜欢绿林；她在那里担了一场虚惊，害怕死了。”

奥索说：“那末你们是决意留下了？好吧。告诉我，还有什么事我能替你们效劳的？”

“没有。”勃朗陶拉岂沃说，“只要你常常念着我们就行了。你已经给了我们多少好处。契里娜的陪嫁也有了，将来要找个体面的女婿，只要我的神甫朋友写一封不带恐吓意味的信就行。我们知道你已经吩咐佃户，必要时供给我们面包跟火药。好了，再见吧。希望不久还能在高斯见到你。”

奥索道：“遇到紧急的关头，手头有几块金洋总是占便宜的。如今咱们是老朋友了，总能接受这个小小的荷包了吧，它可以替你生出别的荷包来。”

“排长，咱们之间不谈金钱。”勃朗陶拉岂沃语气很坚决。

加斯德里高尼也道：“在外边，金钱是代表一切；在绿林中我们只看重勇气和一支百发百中的枪。”

奥索又道：“分别之前，我可不能不留一件纪念品给你们。勃朗陶，你说，我能给你什么呢？”

土匪搔搔头皮，斜着眼把奥索的枪睃了一下：

“噢，排长……倘若我敢开口的话……噢，不，那你舍不得的。”

“你要什么呀？”

“不要什么……东西没什么道理，主要是看你的手段如何。我老想着那一箭双雕，而且单凭一只手……噢！那是可一不可再的。”

“你要这支枪吗？……我给你带来了；可是希望你少用为妙。”

“噢！我不敢答应像你这样用法；你放心，等到它到了别人手里，你就可知道勃朗陶·萨伐利不在人世了。”

“那末你呢，加斯德里高尼，我能送你什么呢?”

“既然一定要给我一件纪念品，我就老老实实要一本荷拉斯集子，开本越小越好。我可以消遣一下，同时也不至于忘了我的拉丁文。巴斯蒂阿码头上有个卖雪茄烟的姑娘；你把书交给她，她会带给我的。”

“博学先生，我给你一部埃尔才维版子的；我要带走的书里正好有这么一本。——好了，朋友们，咱们分手啦。来拉拉手吧。有朝一日你们想着萨尔台涅的话，不妨写信给我；N律师会把我大陆上的通讯处告诉你们的。”

“排长。”勃朗陶说，“明天你们坐着船出口的时候，请你瞧瞧这边山上，就在这个地方，我们在这儿拿着手帕和你送别。”

于是他们分手了；奥索和他的妹妹往加尔陶方面去，两个土匪往山里去。

二一

四月里一个天朗气清的早上，上校汤麦斯·奈维尔爵士，他的才出嫁了几天的女儿，奥索，高龙巴，一行四人，坐着敞篷马车出比士城，去参观一个伊达拉里亚人的古墓①；那是最近发掘出来而所有到比士来的外客都要去看一看的。进了墓穴，奥索和他的妻子一齐拿出铅笔来勾勒里头的壁画，但上校与高龙巴对考古不感多大兴趣，便丢下他们，径自到附近去散步了。

“亲爱的高龙巴。”上校说，“我们来不及回比士吃中饭的了。你难道肚子不饿吗？奥索夫妻俩又浸到古物里去了；他们一块儿开始画画，就没有完的时候了。”

“是的，可是他们从来也没画成一幅。”

上校又道：“我主张上那边的一个农庄去弄些面包，也许还有多斯加甜酒，说不定也有奶油和草梅，这样咱们可以耐着性子等两位画家了。”

“上校，你说得不错。家里只有我跟你是明理的，犯不上为这两个只知道风花雪月的爱人作牺牲。请你搀着我的手臂吧。你瞧我样样都学起来了。我挽着男人的手背，帽子也戴了，时髦衣

① 伊达拉里亚人为古民族，源出小亚细亚，纪元前八世纪左右占有意大利大部，开化较拉丁民族为早。

衫也穿了，首饰也有了；我学了不知多少的漂亮玩艺，不是野蛮人了。你看我披着这条大围巾，风度怎么样？……那个黄头发的青年，你联队里的军官，前天来吃喜酒的……天哪！我记不得他的名字，只知道是高个子，卷头发，禁不起我一拳的……”

“是卡脱窝斯吗？”

“对啦！我可永远念不上这个字。是呀，他简直为我着魔了。”

“啊！高龙巴，你也会打情卖俏了。那不久我们又要办喜事了。”

“你是说我结婚吗？倘若奥索给了我一个侄子，谁带呢？谁教他讲高斯话呢？……是的，他非讲高斯话不可，我还要替他缝一个尖顶帽子气气你呢。”

“等你有了侄子再说吧；将来你还可以教他怎样玩匕首，要是你喜欢的话。”

“匕首从此不用了。”高龙巴挺快活的说：“现在我拿着扇子，预备你毁谤我家乡的时候敲你的手指。”

他们说话之间走进了农庄：酒，草梅，奶油，应有尽有。上校喝着甜酒，高龙巴帮着庄稼女人去采草梅。在一条小路的拐角儿上，高龙巴瞥见一个老人坐在太阳底下一张草杆坐垫的椅子上，好像害病的模样；他腮帮和眼睛都陷下去了，骨瘦如柴，一动不动，没有一点血色，目光也定了，看上去像尸首，不像活人。高龙巴把他打量了一会，乡下女人看她好奇，便说：

“这可怜的老头儿是你们的同乡；因为，小姐，我听你的口音，认出你是高斯人。他在本乡遭了难，两个儿子都死得非常惨。小姐，你别见怪，听说你们贵乡的人有了仇恨，手段是很辣的。所以这可怜的先生变了孤零零的一个人，到比士来投靠一个远亲，便是我这个农庄的主人。老先生因伤心，神志不大清了……我们太太家里客人很多，招留他很为过分麻烦，便把他安顿在这儿。他脾气挺好，也不打搅人，一天说不上三句话。真的，他头脑已经糊涂了。医生每星期来看一次，说他活不久了。”

“啊！他没有救了吗?”高龙巴问，“像他这样，早些完了倒是福气。”

“小姐，你应该和他讲几句高斯话，听到家乡话，他或许精神会好一些。”

“那可不一定。”高龙巴冷冷的笑了笑。

她说着向老人走过去，站在他面前，把照着的阳光遮掉了。可怜的白痴这才抬起头来，眼睛直勾勾的瞪着高龙巴，高龙巴也同样的瞪着他，始终堆着微笑。过了一会，老人把手按着脑门，闭上眼睛，似乎想躲开高龙巴的目光；接着又睁开眼来，睁得异乎寻常的大，嘴唇哆嗦着，想伸出手来，但他被高龙巴慑服了，呆在椅子上，既不能开口，也不能动弹。临了，他眼中滚出两颗很大的眼泪，抽抽搭搭的发出几声哀号。

乡下女人说：“这是我第一次看到他这个神气。”随后她对老人道：“这位小姐是你的同乡，特意来看看你的。”

他嗄着嗓子嚷道：“饶了我吧！饶了我吧！你还不满足吗?那张纸……被我烧掉的那张纸……上面的字，你怎么知道的?……为什么把我两个都去了呢？纸上又没奥朗杜岂沃的名字……得留一个给我啊……留一个啊……奥朗杜岂沃是不相干的……”

高龙巴轻轻的用高斯土话和他说：“我非两个都要不可。枝条斫落了；老根要不是已经烂了，我也要把它拔起来的。得啦，别抱怨了，你受苦的日子不长了。我，我却是痛苦了两年呢！”

老人叫了一声，头支持不住了，倒在胸前。高龙巴转过身子，慢慢的向农庄走去，嘴里含含糊糊的哼着一支巴拉太中的几句：“我要那只放枪的手，我要那只瞄准的眼睛，我要那颗起这个恶念的心……”

种园地的女人正忙着救护老头儿，高龙巴却神色紧张，目光如火，在上校的桌子对面坐下了。

“你怎么啦?”他问，“你的神气又和那天在比哀德拉纳拉，我们吃着中饭，外边飞进子弹来的时候一样了。”

“因为我想起了从前高斯的事。现在不想了。——将来侄子的教母总该轮到我吧？噢！我得给他题几个美丽的名字：琪尔福岂沃－汤麦索－奥索－雷翁纳!”

这时种园地的女人回来了。

“哎!”高龙巴态度镇静得很，“他是死了，还只是晕了一阵?”

“没有什么，小姐；可是他一看见你就变成这样，真怪啊。”

“医生说他活不久了是不是?”

“也许还不到两个月。”

“少一个这样的人也不是什么大损失。”

“你说谁啊?”上校问。

高龙巴若无其事的回答：“说我们乡里的一个白痴。他寄宿在这里。我要随时打发人来问问他的消息。——喂，上校，别尽吃啊，给我哥哥和丽第亚留点儿草莓好不好?”

高龙巴和上校出了农庄，向马车那边走回去，庄稼女人对他们望了半天，和她的女儿说道：

“你瞧那位小姐长得多漂亮，唉！可是我相信她的眼睛一定有什么凶神恶煞的魔力。”

一八四〇年原作

一九五三年七月译